Francis Bebey:
Eine Liebe in Duala
Roman

Aus dem Französischen von Winfried Thiemer

Deutscher
Taschenbuch
Verlag

dtv

Ungekürzte Ausgabe
Oktober 1993
Deutscher Taschenbuch Verlag GmbH & Co. KG,
München

Titel der französischen Originalausgabe:
›Le fils d'Agatha Moudio‹
(Edition CLE, Yaoundé/ Kamerun 1967/68)

ISBN 3-87294-354-5
Umschlagtypographie: Celestino Piatti
Umschlagbild: Rotraut Susanne Berner
Gesamtherstellung: C.H. Beck'sche Buchdruckerei,
Nördlingen
Printed in Germany · ISBN 3-423-11749-4

1

Unser Dorf war dem Hügel vorgelagert, von dem die graue Straße aus der fernen Stadt herabstieg. Der sonnige Morgen hatte etwas Feiertägliches, es herrschte die sanfte Stille eines Junisonntags. Der Friede hielt an bis zu dem Augenblick, da ein scharfer Knall ertönte, dem zwei oder drei weitere folgten. So befremdend sie erscheinen mochten, niemand im Dorfe zeigte sich beunruhigt. Sie kamen aus dem nahen Walde. Niemand achtete darauf. Niemand außer Mudiki. Was fiel ihm nur ein, daß er sich wegen der paar fernen Gewehrschüsse so aufregte, die keinen der übrigen Dorfbewohner aus der Ruhe brachten?

Mudiki trat ein.

»Hast du sie kommen hören, Mbaka?« fragte er, indem er die Tür hinter sich schloß. »Hast du ihren Wagen gehört?«

»Natürlich habe ich sie kommen hören. Ich bin doch nicht taub, was denkst du denn? Ich kann dir sogar sagen, daß ich eben zwei oder drei Gewehrschüsse gehört habe. Sie sind schon auf der Jagd. Ekeke ist doch wohl dabei?«

»Ja, Ekeke ist dabei«, erwiderte Mudiki.

Er hatte noch etwas anderes sagen wollen, wagte aber nicht weiterzusprechen. Es war eine zu heikle Frage, die ihm auf der Zunge lag. Die beiden Männer blickten einander schweigend an. Jeder dachte sich sein Teil. Endlich gab sich Mudiki einen Stoß:

»Trotzdem ist da noch etwas, das mir zu schaffen macht, Mbaka«, sagte er.

»Das dir zu schaffen macht? Und das wäre?«

»Hör zu, Mbaka, du bist unser Dorfhäuptling, das heißt also, unser aller Oberhaupt. Du darfst uns nicht täuschen. Ich möchte jetzt von dir wissen, was mit diesen Leuten los ist.«

»Was soll denn mit ihnen los sein? Was meinst du damit? Ich verstehe dich nicht.«

»Was ich damit meine, was ich damit meine... Wirst du böse werden oder nicht, wenn ich dir jetzt eine klare Frage stelle?«

»Warum sollte ich böse werden?«

Dem Häuptling wurde immer unbehaglicher zumute. Es mußte sich um etwas Ernstes handeln. Warum suchte ihn Mudiki an diesem Sonntagmorgen auf, warum gab er sich auf einmal so geheimnisvoll und so zurückhaltend, er, der sonst die Unbefangenheit und Unternehmungslust in Person war?

»Nein, ich werde mich nicht aufregen. Frage nur, ich werde dir antworten – falls es eine Antwort auf deine Frage gibt«, sagte der Häuptling Mbaka.

»Also gut. Haben diese Weißen, die bei uns auf Jagd gehen – haben sie dir je etwas gegeben?«

»Etwas gegeben? Wieso?«

»Nun ja, du weißt schon: Haben sie dich entschädigt?«

»Entschädigt? Was stellst du dir darunter vor?«

Mudiki ließ nicht locker: »Wenn ich recht verstehe, haben sie dir kein bißchen, du verstehst doch, kein bißchen Geld gegeben?«

»Geld? Manchmal redest du wirklich in Rätseln. Was denn für Geld, und wozu?«

»Häuptling Mbaka, ich hatte schon immer das Gefühl, daß es mit deinem Wirklichkeitssinn hapert, aber diesmal scheint es klar am Tage zu liegen. Ich will dir erklären, was ich meine. Diese Leute sind Fremde, sie gehören nicht zu uns. Wir können sie doch hier nicht einfach ohne jede Entschädigung jagen lassen. Sie müßten etwas bezahlen. Und du weißt doch, daß sie...«

»Ich muß dich unterbrechen, Mudiki. Denn da ist noch ein Punkt, den du offenbar ganz außer acht läßt bei all deinem Wirklichkeitssinn, nämlich daß gerade diese Leute über uns gebieten, über dich, über mich, über alle Dorfbewohner, genauso wie sie über unsern Wald gebieten, über unsern Bach, unsern Fluß und alles Wild und alle Fische, die darin leben. Nun sag mir, wie willst du von solchen Leuten Geld verlangen, weil sie in deinem Walde jagen?«

»Gewiß, Mbaka. Daran habe ich auch gedacht. Aber gerade diese Leute haben das Geld erfunden und stellen es her. Für sich selbst haben sie genug davon, da müssen sie doch auch für uns etwas übrig haben, ich meine, uns aus Freundschaft ein bißchen davon abgeben, um uns wenigstens spüren zu lassen, daß es ihnen gefällt, bei uns zu jagen. Meinst du nicht, daß es vernünftig und – gerecht wäre, ihnen nahezulegen, daß sie uns ab und zu ein kleines Geschenk machen sollten? Uns allen, Mbaka, nicht bloß mir. Du bist der Häuptling, du müßtest das bedenken zum Besten deiner Dorfgenossen. Nochmals, es geht nicht um mich, sondern um uns alle.«

Mbaka setzte sich auf einen alten Stuhl am Fenster, stützte den Kopf auf die Hände und versank in Grübeln. Warum, ja warum hatte er eigentlich nicht an seine Dorfgenossen gedacht, seit die Weißen angefangen hatten, in ihrem Wald zu jagen? Mbaka gestand sich ein, daß der Schritt, den Mudiki vorschlug, recht und billig war.

»Ja, du hast recht«, sagte er schließlich. »Du hast völlig recht, Mudiki. Diese Leute können nicht einfach daherkommen und bei uns jagen, ohne uns je etwas zu geben.«

»Du sagst ›etwas‹, ich meine aber Geld«, berichtigte Mudiki. »Du mußt heute noch mit ihnen darüber reden. Und wenn sie nicht wollen, mußt du ihnen sagen, sie sollen künftig nicht mehr zur Affenjagd hierherkommen. Vergiß nicht, daß du der Häuptling bist und vor den Weißen keine Angst zu haben brauchst.«

Mudiki gehörte zu den Menschen, die sich mit Argumenten durchzusetzen wissen. Mbaka kannte diesen schwierigen Untergebenen genau. Er wußte, daß Mudiki zwar nur ab und zu einen wahrhaft genialen Einfall hatte, daß er aber, wenn dieser Fall eintrat, auf keine Weise davon abzubringen war, mochte seine Verwirklichung noch so viele Gefahren mit sich bringen. Aber während er in andern Fällen Mudikis Vorschläge bis zum äußersten bekämpft hatte, geschah es diesmal nicht aus Gefälligkeit gegen den morgendlichen Besucher, wenn der Häuptling Mbaka ihm ausdrücklich zustimmte: Er war tatsächlich seiner Meinung. Geld ist eine wichtige Sache, er würde mit den Weißen darüber reden, um so bereitwilliger, als die andern es ihm schwer verübeln würden, wenn sie eines Tages erführen, daß er, der Häuptling, es aus purer Angst unterlassen hatte, von den Jägern eine Entschädigung für die Gemeinde zu verlangen.

»Einverstanden«, sagte der Häuptling, »ich gehe heute selbst hin und verlange Geld von ihnen.«

Mudiki ging befriedigt heim, in dem stolzen Bewußtsein, ein nutzbringendes Unternehmen eingeleitet zu haben. Dann wurde es wieder still im Dorf, wie es sich an einem sonnigen Sonntagmorgen gehört.

Gegen vier Uhr nachmittags führte Ekeke die Jäger nach dem Ausgang des Waldes. Hier wartete schon die gesamte Dorfjugend, um sie zu ihrem Wagen zu begleiten. Das hatte sich so eingebürgert: jeden Sonntag um vier Uhr nachmittags bereiteten die Kinder von Bonakwan, denen sich die von Bonakame zugesellten, den weißen Jägern aus der Stadt einen jubelnden Empfang. An diesem Tage hatte sich Sankt Hubertus besonders gnädig gezeigt. Die Jäger wollten eben wieder in ihren Wagen steigen, zufrieden mit dem Verlauf des Tages, zufrieden auch, unsere Kinder so beglückt über ihren Besuch zu sehen, als Mudiki auf Ekeke zuging:

»Sag deinen Weißen, daß der Häuptling Mbaka ein Anliegen vorzubringen hat.«

Ekeke übersetzte ins Französische. Die Weißen begriffen, daß der Häuptling sie sprechen wollte.

»Was will er denn von uns?« fragte einer von ihnen.

»Ich weiß nicht«, antwortete Ekeke. Woher hätte er es auch wissen sollen?

»Na gut, dann soll er herkommen, der Häuptling, er soll kommen, wenn er etwas von uns will. Aber er soll sich beeilen, wir haben nicht viel Zeit und wollen nach Hause. Wir haben allmählich Hunger.«

Es war deutlich zu merken, daß sie keine Lust hatten, sich noch lange hinhalten zu lassen. Immer wieder sahen sie nach der Uhr. Der Häuptling will uns sprechen ... Dann soll er sich gefälligst beeilen.

Mbaka beeilte sich. Er nahm sich nicht einmal die Zeit, seinen Schurz ordentlich festzubinden. Man mußte sich beeilen, denn die Weißen hatten Hunger. Nichts macht so hungrig wie die Affenjagd. Mudiki wußte es wohl, aber er dachte zugleich, daß die Weißen gar keinen Hunger zu haben brauchten, wenn sie nicht sooft in unsere Gegend kämen.

»Warum willst du uns sprechen, Häuptling?«

»Um euch um ein kleines Geschenk für unser Dorf zu bitten.«

»Ein kleines Geschenk? Was soll das heißen?«

Es waren drei Weiße mit ihren zwei weißen Frauen. Wir haben uns oft gefragt, wieso drei Weiße zwei Frauen heiraten konnten, aber diese Leute haben eine ganz andere Lebensweise als wir... Und die beiden Frauen waren immer in Hosen! Kuriose Frauen waren das... Der eine Mann war sehr reich, wenigstens kam es uns immer so vor, sobald er den Mund zum Reden auftat, denn statt der zwei Reihen elfenbeinfarbener Zähne, die der Himmel ihm gewiß bei seiner Geburt mitgegeben hatte, sah man zwei Reihen von funkelndem Gold. Er war groß und stark und häßlich. Was für ein närrischer Kauz, dachten wir, und dabei hat er so viel Gold, daß er nicht weiß, was er damit anfangen soll, so viel, daß er es mutwillig verschwendete, indem er es sogar in Zähne verwandelte. Was für ein Kauz...

Die beiden Damen stiegen in den Wagen und begannen, sich mit buntbemalten Fächern zu bewedeln. Die Kinder betrachteten diese Männer und diese Frauen mit neidischer Bewunderung, zumal den Mann mit dem goldenen Mund, trotz seiner Häßlichkeit. Aber warum eigentlich waren diese Leute nicht auch schwarz?

»Ein kleines Geschenk? Was soll das heißen?« fragte einer von ihnen verständnislos.

»Das soll heißen: etwas Geld«, erklärte Mbaka und streckte die hohle Hand aus.

»Und was wollt ihr mit dem Geld machen?«

»Wir wollen etwas Salz für jeden Einwohner unseres Dorfes kaufen, damit die Affen im Wald immer noch am Leben sind, wenn ihr das nächste Mal wiederkommt.«

»Was ist das für eine Geschichte?«

Das Ganze kam dem Jäger so ungereimt vor, daß er einen Augenblick glaubte, mein Vetter Ekeke habe gewiß nicht richtig übersetzt, was der Häuptling Mbaka in seiner Muttersprache gesagt hatte. Aber es stimmte schon, das hatte er gesagt. Und was war da Sonderbares dabei?

»Was ist das für eine Geschichte?« fragte ein anderer Weißer.

»Will er uns auf einmal seine Affen bezahlen lassen? Warum habe ich überhaupt gesagt ›seine Affen‹, als ob sie ihm gehörten? Er will uns für Affen bezahlen lassen, die wir selbst gejagt haben und mit denen wir gar nichts anfangen können?«

Wir fragten uns freilich schon lange, was sie denn mit den Affen anfingen, die sie bei uns schossen. In unserem Dorf aß niemand von diesen Tieren mit dem Menschenkopf. Aber sie waren offenbar ganz wild darauf. Und warum hatten sie Hunger um diese Tageszeit? Ganz einfach, weil sie noch nicht gegessen hatten, das war ja klar. Und warum hatten sie noch nicht gegessen? Weil sie nach der Jagd erst nach Hause fahren wollten, um zu essen. Nun möchte ich bloß wissen: was hatten sie denn vor, wenn sie nach Hause kamen? Die Affen in den Mülleimer werfen, nachdem sie sie bei erschlaffender tropischer Hitze vom Baum geholt hatten? Das soll mir mal einer erklären!

Das ganze Dorf war auf dem Platz versammelt, denn man wußte, daß der Häuptling den Weißen etwas zu sagen hatte. Wenn ein Häuptling etwas zu sagen hat, dann ist das ein Ereignis. Denn dabei geht es um sein Ansehen. Als Mbaka auf die Weißen zuschritt, war er sich vollauf bewußt, daß er, wenn sein Vorhaben scheiterte, sich tagelang nicht außerhalb seiner Hütte blicken lassen durfte, daß er künftig keinen Gehorsam mehr zu erwarten hatte und keine einzige Anordnung mehr durchsetzen würde. Welcher böse Geist hat Mudiki eingegeben, ihn zu dieser Unterredung zu drängen? fragte sich Mbaka. Aber nun war bereits alles um den Wagen und die Ortsfremden versammelt, jetzt konnte der Häuptling nicht mehr zurück. Und da sie in so großer Zahl gekommen waren, wußte Mbaka auch, daß seine Mitbürger ihn alle unterstützen würden, zumal sein Ansuchen das Wohl der ganzen Gemeinde im Auge hatte.

»Was ist das für eine Geschichte?«

»Das ist eine Salzgeschichte, Herr«, erwiderte Mbaka.

Diese Weißen glaubten es mit Wilden zu tun zu haben. Sie täuschten sich, denn wir stammten wie alle in der nächsten Umgebung von Duala von Bile ab, dem Sohne Bessenges, jenes Mannes, der seinerzeit alle Stämme von Duala durch seinen unermeßlichen Reichtum in Erstaunen gesetzt und »jahrhundertelang« über den Stamm der Akwa geherrscht hatte, selbst nach seinem Tode. Wir brauchten also die Weißen nicht zu fürchten, selbst wenn sie Gewehre hatten. Dies ging mir durch den Kopf, als einem der Jäger die Galle überlief, weil wir ihn mit dieser Salzgeschichte behelligten, für die er keinerlei Verständnis aufzubringen gedachte. Er sagte schroff:

»Salz für deinen Stamm? Das wäre ja noch schöner! Wir sind dir nichts schuldig. Wir kommen hierher, um Affen zu jagen, die niemand gehören. Überdies, wenn wir nicht da wären mit unsern Büchsen, würde euch das Affenvolk aus euern Wäldern schwer zu schaffen machen, bis ins Dorf hinein. Wir kommen als Wohltäter, und von Rechts wegen müßtet ihr uns etwas bezahlen, statt uns hier um unsere Zeit zu bringen, wenn wir Hunger haben...«

Da schaltete ich mich ein:

»Euch um eure Zeit zu bringen? Ihr denkt wohl, weil ihr Gewehre habt, hätten wir Angst, euch um eine Entschädigung anzugehen, wenn ihr in unseren Wäldern jagt? Nun also, ich erkläre euch, daß ihr nicht eher abfahren werdet mitsamt diesen Affen, bevor ihr getan habt, worum euch der Häuptling Mbaka gebeten hat. – Ekeke, übersetze ihnen, was ich eben gesagt habe.«

Ich drängte mich durch die Menge und stellte mich vor die drei weißen Männer hin. Sie schauten mich an und sahen sich einem wahren Kleiderschrank gegenüber. Aber ihr Erstaunen kam vor allem daher, daß ihnen – zweifellos zum ersten Mal in ihrem Leben – ein afrikanischer Dorfbewohner so unumwunden und selbstherrlich die Meinung sagte. Ich mußte an mich halten, um meine Zufriedenheit zu verbergen, als ich sah, wie sehr ich sie beeindruckt hatte, nicht nur durch meine Statur, sondern mehr noch durch die Ausdrucksweise, in der ich zu ihnen sprach. Alle Dorfgenossen waren stolz auf mich. Bedenkt doch, für sie war ich ein Vertreter der alten Zeiten, die längst in der dunklen Nacht der Jahre und der Ungerechtigkeit versunken waren. Ich war ein echter Sohn Biles, des Sohnes Bessenges, ich war ein Sohn dieses Dorfes, das auf manche ruhmreiche Taten zurückblicken konnte. Außerdem waren schon seit drei oder vier Jahren aller Augen auf mich gerichtet: die Ringkämpfe, die mit den umliegenden Dörfern ausgetragen wurden, hatten mir Gelegenheit gegeben, meine Muskelkraft zu beweisen, und ich war auf dem besten Wege, allmählich zu einer legendären Gestalt zu werden wie unsere großen Ringkämpfer vor mir.

Darauf wechselten die weißen Jäger stumme, fragende Blicke. Aber sie hatten Hunger, und so kam die Sache schnell zu einem Ende. Sie lüfteten einer nach dem andern den Hut, um mich zu grüßen, dann griffen sie fahrig in ihre Taschen und holten – aber gewiß doch! Münzen, richtige Silbermünzen hervor. Und wem gaben sie die Münzen? Mir! Und ich war es, der sie darauf dem Häuptling Mbaka gab. Ich brauche euch nicht zu sagen, wie stolz ich in diesem denkwürdigen Augenblick war.

Da fiel einem der Weißen plötzlich ein, daß er schreiben konnte. Er zog ein Notizbuch aus einer seiner zahllosen Taschen und fragte mich nach meinem Namen. Nun hatte mein Vetter Ekeke einen sehr löblichen Grundsatz: wenn er im Dorf den Dolmetsch machte, übersetzte er alles, was man ihm sagte, alles, auch die Eigennamen. Als ich nun erwiderte, daß ich Mbenda heiße, fand der Eifer meines Vetters wieder eine Gelegenheit, sich zu bestätigen:

»Er heißt La Loi«, sagte er.

»Was hast du gesagt?« fragte ich meinen Vetter. »Was hast du zu dem Weißen gesagt? Sag noch mal, was du über meinen Namen gesagt hast.«

»Ich habe ihm gesagt, daß du La Loi heißt, ›Das Gesetz‹«, erwiderte er. »So heißt Mbenda auf französisch.«

Ekeke mußte wohl recht haben, denn der Mann, mit dem er sprach, wandte sich sogleich wieder an mich:

»Es ist gut, La Loi, es ist gut. Mach nur so weiter... Du wirst noch von mir hören.«

So ist der Name an mir hängengeblieben, denn jedermann in unserem Dorfe sah sich gleich durch ein neues Wort bereichert, noch dazu durch ein französisches: La Loi.

Was das Versprechen des Mannes betrifft, noch von sich hören zu lassen, das er mir in so wohlwollendem Ton gegeben hatte, so dachten meine Leute gleich an eine Anstellung in der Stadt, die man mir anbieten würde. Und sie gingen neidgeschwollen davon und sagten überall, ich sei der größte Glückspilz im Dorf. Die Leute machen sich halt solche Gedanken... Sie konnten sich nicht einmal vorstellen, wie ungern ich die geliebte Fischerei aufgegeben hätte für eine Hose, ein Hemd und eine Krawatte. Jedenfalls, die Dinge taten den Neunmalklugen nicht den Gefallen, ihre brüderlichen Prophezeiungen zu bestätigen. Denn eine Woche nach diesem Tag voller Kochsalz und Zukunftsverheißungen erhielten wir den zumindest unerwarteten Besuch des Herrn Dubous, des Polizeikommissars von Duala. Wenn ich mich an diesem Tage aufgerafft hätte, zum Fischen ins offene Meer hinauszufahren, hätte ich mir zweifellos viele Unannehmlichkeiten ersparen können. Ich weiß nicht, warum ich so schlecht beraten war, aus purer Faulheit im Dorf zu bleiben. Weil ich also nicht zum Fischen ausgefahren war, mußte ich für vierzehn Tage ins Polizeigefängnis New Bell. Vierzehn Tage Gefängnis ohne Richterspruch, weil ich gewagt hatte, um Geld für Kochsalz zu bitten, das unsere Gemeinde so nötig brauchte. So war damals der Tarif, so wollte es »das Gesetz«.

2

Agatha Moudio hatte ihre Vorsichtsmaßregeln getroffen, ehe sie mich besuchte, und eine ganze Handvoll Kochsalz ins Feuer geworfen. In Duala weiß jedermann, wie man Regen macht; man braucht nur etwas Salz zu verbrennen, und schon entlädt sich der Himmel wie zu Zeiten der Arche Noah. Nicht dieser harmlose Regen, dem der erstbeste Gummimantel widersteht, nein, ein Regen, wie er zur Jahreszeit gehört, wo das Wasser in dicken, dichten Tropfen vom Himmel fällt und niemand sich aus dem Haus traut.

Agathas Erscheinen brachte mich in Verlegenheit. Was würde Maa Medi sagen, wenn sie dieses Mädchen bei mir fände, allein mit mir? Wenn es noch ein Werktag gewesen wäre! Dann war es nicht weiter schlimm, da arbeitete meine Mutter immer auf dem Feld, und wenn ihr einige böse Zungen hinterbracht hätten, daß Agatha zu mir gekommen sei, würden sie gewiß keinen Glauben bei ihr gefunden haben. Aber heute, an einem Sonntagnachmittag, wo jedermann im Dorf war – nein, das war nicht der rechte Tag dafür, obgleich mich der überraschende Besuch geradezu überglücklich machte.

»Du darfst aber nicht lange hier bleiben«, sagte ich zu Agatha, »nein, das geht nicht...«

Ich hatte kaum ausgeredet, als das Dach meines Hauses Agatha Beifall klatschte, so plötzlich und so kräftig, daß ich verdutzt innehielt. Offenbar hatte das verbrannte Salz seine Schuldigkeit getan.

»Du wirst mich doch nicht bei einem derartigen Regen aus dem Haus jagen«, erwiderte Agatha mit dem unschuldigsten Gesicht von der Welt.

»Nein, natürlich nicht«, sagte ich und warf ihr einen vielsagenden Blick zu. Ich war jetzt sicher, daß sie diesen Regen veranlaßt hatte, damit sich das Dorf über unser Beisammensein nicht aufzuregen brauchte. Jetzt bestand keine Gefahr, daß Maa Medi, die zwei Häuser weiter wohnte, von selbst dahinterkäme, daß Agatha bei mir war.

»So ein Regen!« sagte sie und rückte näher an mich heran. Die Auswirkungen unserer Begegnung erwiesen sich später als entscheidend, wie ihr noch sehen werdet. Aber heute, an diesem Sonntag, wo es so stark regnete, hatte ich ein siebzehnjähriges Mädchen vor mir, das schon mehr von sich reden gemacht hatte als andere Leute ihr ganzes Leben lang. Ich möchte keinem Mädchen in keinem Land wünschen, daß es jemals in einen solchen Ruf käme wie Agatha Moudio. In unserem Dorf wie in dem ihren, das in nächster Nähe lag, überhaupt in allen umliegenden Dörfern glaubte man allgemein, daß die außergewöhnliche Schönheit dieses »teuflischen Geschöpfes« nur die Maske war, hinter der sich alles Böse verbarg, das Agatha schon zu tun vermochte. Überlegt einmal, was das bedeutet in ihrem Alter, daß sie schon »alles zu tun vermochte«! Gebt dem Ausdruck einen schlimmen Sinn, wonach die internationale Sittlichkeit bedroht schien, und ihr werdet vielleicht verstehen, warum Maa Medi nicht wünschte, daß ich intime Beziehungen mit Agatha unterhielt. »Sie weiß schon alles vom Mann«, hieß es, wenn die Rede auf sie kam, und manchmal noch deutlicher: »Sie geht alle Tage in die Stadt, ins Europäerviertel, deswegen ist sie immer so gut gekleidet.« Natürlich übertrieben die Leute ein bißchen. Immerhin war Agatha auf ihre Weise so berühmt, daß ich mir niemals Hoffnung gemacht hätte, sie könne sich eines Tages in mich verlieben. Aber als ihr dies widerfuhr, war ich so glücklich darüber, daß ich mit einem Mal alles vergaß, was ich über Agatha hatte reden hören. Ich glaube, es wäre jedem Mann bei uns, und wenn er sich vorher noch so sehr über sie erbost hätte, genauso gegangen wie mir. Die Männer sind nun einmal so. Wenn eine Frau ihnen ihre Neigung zu erkennen gibt, beeilen sie sich, das meiste in Vergessenheit zu begraben, zu vergeben und sich lieben zu lassen.

Agathas Liebe zu mir war an dem berühmten Tage erwacht, als ich gewagt hatte, den weißen Jägern zu sagen, sie kämen nicht von hier fort mit den Affen aus unserem Wald, ehe sie bezahlt hätten, was der Häuptling von ihnen forderte: etwas Geld für das Salz, das unsere Gemeinde brauchte. Die Stimme des Mutes findet den Weg zum Herzen. Auch Agatha war damals auf dem Platz gewesen bei dieser unvergeßlichen Unterredung. Sie hatte wie alle andern meine Festigkeit bewundert, sie hatte, mehr als jeder andere, ihre Freude gehabt an meinem in der Sonne glänzenden nackten Oberkörper, an meinem Mut, überhaupt an allem, was die Jäger bestimmt hatte, das Ansuchen unseres Dorfhäuptlings ernst zu nehmen. Mehr als sonst jemand hatte sie mich bewundert, »und ich hätte es dir am liebsten gleich gesagt oder es dir irgendwie zu verstehen gegeben«, gestand sie mir später, »aber ich konnte nicht, es standen zu viele Leute um dich herum.« Was hatten die vielen Leute bloß bei mir zu suchen in diesem Augenblick, möchte ich wissen! Nachher saß ich vierzehn Tage in New Bell, vierzehn Tage, in denen ich zu verschiedenen Zwangsarbeiten herangezogen wurde, zur Straßenreinigung auf Kosten der Kolonialverwaltung. Von Zeit zu Zeit besuchte mich Agatha im Gefängnis und brachte mir kleine Liebespakete und reife Orangen. Diese Zeit werde ich nie vergessen. Ich entdeckte auf einmal, daß das Mädchen, auf das aller Augen gerichtet waren, mich und nur mich liebte. Das machte mir die Gefangenschaft etwas erträglicher trotz der nicht gerade menschlichen Behandlung, der ich während meines ganzen Aufenthaltes dort ausgesetzt war... Und sie erzählen immer noch, Agatha sei gar kein Mädchen, sondern der Teufel in Person! Als ich herauskam, beschloß ich, dieser sehr verbreiteten abwegigen Ansicht entgegenzutreten, nach der kein besonnener Mensch daran denken dürfe, mit diesem Mädchen ernsthafte Beziehungen anzuknüpfen. Zuerst sprach ich mit Maa Medi darüber.

»Mädchen?« erwiderte meine Mutter. »Mädchen? Du denkst also, du hättest es mit einem jungen Mädchen zu tun, bloß weil sie dir Orangen gebracht hat, als du im Gefängnis warst?«

»Maa, ich bin sicher, daß sie ebenso rein ist wie jede andere in unserem oder ihrem Dorf...«.

»Wer sagt dir denn, daß die rein sind? Wer hat dir das gesagt? Mein Sohn, wenn dein Vater noch am Leben wäre, würde er dir sagen, daß es heutzutage keine reinen Mädchen mehr gibt. Mach dir das ein für allemal klar: Reinheit, das gab es gerade noch zu meiner Zeit. Nur gibt es auch heute noch Mädchen, die auf sich halten. Nicht alle treiben es wie Agatha, sie stolzieren nicht im Europäerviertel herum, um sich vom ersten besten Weißen einladen zu lassen. Und ich möchte niemals ein solches Geschöpf zur Schwiegertochter haben wie diese Person, die der Schandfleck ihrer Familie ist. Daß du's weißt, ihr Vater läßt sie links liegen, weil er genug von ihr hat.«

Ich schwieg.

Als Maa Medi wieder zu Atem gekommen war, fuhr sie fort:

»Jetzt weiß ihr Vater überhaupt nicht mehr, was er von ihr halten soll. Er meint, wenn sie so ist, wie sie ist, dann geht das nicht mit rechten Dingen zu. Er meint, da stehe ein Hexer dahinter, der seiner Tochter übel mitspielt, und er hofft, daß er den Kerl eines Tages zu fassen kriegt. Aber eins kann ich dir sagen, sobald er sicher ist, daß sich kein böser Geist an den Schatten seiner Tochter gehängt hat, wird er diese Tochter vor die Tür setzen, du wirst es sehen. Wart's nur ab, du wirst es sehen. Im Augenblick ist sie nicht viel wert, und du hast keinen Grund, die Abfälle aufzusammeln, die andere Männer übriggelassen haben...«

»Maa, das kannst du nicht mehr sagen, Agatha ist nicht das, was...«

»... nicht das, was man sie heißt? Soll ich dir erst all ihre Abenteuer in Erinnerung bringen? Außer ihren Promenaden im Europäerviertel scheinst du auch diese dunkle Geschichte mit Headman vergessen zu haben, dem Bautruppführer. Ein Mann wie der, der nichts ist und nichts hat und der nicht einmal von hier ist! Agatha läßt sich von ihm mitnehmen, und da willst du noch behaupten, daß sie nicht ist, was ich denke, und daß sie nicht verdient, daß ich nichts mit ihr zu tun haben will?«

Maa Medi hatte recht. Wie konnte ich nur den Skandal vergessen, den Agatha vor einiger Zeit heraufbeschworen hatte, als es herauskam, daß sie sich von Headman hatte »an Bord nehmen lassen«! Das verzieh ihr niemand bei uns. Ein anständiges Mädchen hat sich nicht von jedem Hergelaufenen mitnehmen zu lassen. Und Headman, der nur ein Angestellter des Straßenbauamts war und der den ganzen Tag im Stehen arbeitete, sogar im Regen, falls es regnete, und der überdies noch nicht einmal den Vorzug hatte, »von hier zu sein«, Headman war ein solcher Hergelaufener. Es war eine widerliche Geschichte gewesen, und ich erinnerte mich, als Maa Medi davon anfing, wie wir uns alle geschämt hatten bei der Vorstellung, daß eine Nachfahrin Biles, des Sohnes Bessenges, sich so weit erniedrigt und das Andenken des unersetzlichen Vorfahren in den Schmutz gezogen haben sollte. In unserem Dorf hatten wir uns damit getröstet, daß Agathas Leute schließlich zu einem andern Zweig des Stammbaums gehörten als wir. Wir hatten uns auf diese Erklärung versteift und von den »extravaganten Mädchen von Bonakame« gesprochen und uns dank dieser sehr theoretischen Ausflüchte daran gewöhnt, den Skandal als etwas zu betrachten, das uns nur von fern berührte. Eine widerliche Geschichte, sag' ich euch. Ich frage mich, warum Agathas Vater sie daraufhin nicht gleich fortgejagt hat. Und hier, vor meiner Mutter, fühlte ich, wie mir der Schweiß von der Stirn lief, wenn ich bloß an die Geschichte mit Headman dachte.

»Es ist wahr, Maa«, sagte ich, »es ist wahr, ich hatte gar nicht mehr daran gedacht.«

Ich wischte mir die Stirn ab. Maa Medi unterdrückte, was ihr noch auf der Zunge lag. Sie war zufrieden. Ihr Sohn war noch nicht so tief gesunken, daß er ihr den Gehorsam verweigerte, wie es soundso viele üble Burschen taten, die sich einbildeten, mit zwanzig Jahren könnten sie tun, was sie wollten. Maa Medi sah meine Enttäuschung und hatte Mitleid mit mir. Aber sie dachte nicht entfernt daran, mir nachzugeben. Ihr habt es schon gehört: »Nie würde ich ein Geschöpf wie diese Person zur Schwiegertochter haben wollen!« Ihr kennt Maa Medi, ihr wißt, daß sie wirklich dachte, was sie sagte, und daß sie um keinen Preis ihre Meinung ändern würde... Aber wartet erst ab, wie es weitergeht, ehe ihr anfangt zu verdammen.

Für Maa Medi war ich der einzige Sohn eines Mannes, der ihr nur diesen einzigen Sohn hinterlassen hatte und keine sonstigen Reichtümer. Ich war für sie ein Stück ihrer schönsten Lebenszeit, das sich lauter und rein zu erhalten hatte das ganze Leben lang. »Er ist ihr Augapfel«, sagten die Leute, wenn sie von mir und meiner Mutter sprachen. Bei allem, was sie tat, hatte sie stets mein Glück im Auge. Trotzdem hätte ich nie und nie hoffen dürfen, sie werde jemals ein verwöhntes Kind aus mir machen. »Wenn es dir in der Schule nicht gefällt«, sagte sie, als ich noch klein war, »wenn es dir in der Schule nicht gefällt, brauchst du nicht in die Schule zu gehen. Aber, mein Sohn, dein Leben mußt du dir selbst verdienen, auf irgendeine anständige Art. Wenn du ein Nichtstuer zu werden gedenkst, hast du von mir keine Hilfe zu erwarten, so lieb ich dich auch habe.«

Ich mochte die Schule nicht, und ich ging nicht zur Schule. Genauer gesagt, ich hörte damit auf, sobald ich hinreichend rechnen gelernt hatte. Ich sehnte mich nach frischer Luft und nach dem hohen Meer, und so sagte ich schnell den Schulbänken ade und den Kameraden, die mehr Geduld aufbrachten als ich, und der schwarzen Tafel, die ich nie vergessen werde. Mit fünfzehn Jahren wurde ich Fischer, und nun lernte ich das ungeheure Abenteuer der Hochseefischerei kennen zwischen den bergehohen Wogen, in dem zerbrechlichen Kanu, allein der Barmherzigkeit Gottes anheimgegeben, und die Abende, die nach geräuchertem Fisch rochen, und die verläßliche Freundschaft tapferer Männer, deren hohes Ziel es war, unter eigener Lebensgefahr anderen Menschen das Leben zu erhalten. Ich war ein mutiger Mann und der Stolz meiner Mutter, der man erzählte, ich sei der stärkste Fischer meines Alters. Und seit sie in mir einen Mann sah, einen richtigen Mann, machte sich Maa Medi ein Bild von mir, an dem sich nichts ändern durfte: »Du bist kein Sohn aus reichem Haus, der alles tut, was er will, bloß weil er Geld hat und weil sich niemand über das aufregt, was er tut. Nein, du bist nur mein Kind, und das würdigste in diesem Dorf und weit und breit. Und über das, was du tust, wird sich jedermann aufhalten, wenn es nicht wohlgetan ist, denn du wirst nicht genug Geld haben, um andern den Mund zu vernähen und die Lästerzunge abzuschneiden.« Dies wiederholte mir meine Mutter jedesmal, wenn sie meinte, ich sei auf einen Weg geraten, der ihr und »den andern Leuten« nicht gefallen könne. Ich brachte es nicht fertig, Maa Medi den Gehorsam zu versagen. Sie war meine Mutter mit allem, was dieses Wort einschloß an Achtung und Dankesschuld. Ich hatte meinen Vater verloren, als ich erst sechs bis sieben Jahre zählte. »Er hat dich sehr geliebt«, sagte Maa Medi immer wieder. Und das ist wahr, er liebte mich sehr, er hatte es oft zu einem seiner Freunde gesagt, zu Tanga. Und nach Vaters Tod und sogar lange nachher wurde Tanga nicht müde, jedermann zu erzählen – immer wenn er mich mit andern zusammen sah –, daß er nie in seinem Leben eine so große väterliche Liebe gesehen habe wie die meines guten Vaters zu mir. Das mußte wahr sein. Hatte er nicht vor seinem Tode und als es noch gar nicht an der Zeit war, sich Gedanken darüber zu machen, an die Frau gedacht, die ich später heimführen sollte? Nein, er hatte den Namen meiner künftigen Gattin nicht in sein Testament geschrieben. Er wäre da auch in große Verlegenheit geraten, denn soviel ich weiß, war er nicht zur Schule gegangen und konnte also auch nicht schreiben. Aber bei uns hatte das schönste geschriebene Testament nicht die Kraft des Wortes, das ein Sterbender sprach. Das Wort ist auf das Leben gerichtet, das Leben, das weitergeht und das der Mensch jederzeit zu respektieren hat, weil es das einzige auf Erden ist, das nicht vergeht. Die Menschen, die schreiben können, verlieren diese tiefe Achtung vor dem Leben. Sie wissen, daß ihr Denken die Zeit überdauert, sie wissen, daß das, was sie heute sagen oder denken, auch morgen seine Form behält, wie auch die Menschen beschaffen sein mögen, die nach ihnen leben – denn die Schrift bleibt, die dem Gedanken eine unabänderliche Gestalt gibt. So wird das Wort, eine natürliche Lebensäußerung, jetzt durch eine Erfindung ersetzt, die Gemeingut der Menschen geworden ist: die Schrift. Daraus ergibt sich, daß das Leben selbst ein wenig an Gewicht verliert, und so werden auch die Weltkriege leicht verständlich, die Millionen von Menschenleben vernichten, oder sagen wir bescheidener, die Raubüberfälle. Aber auch da ist die Achtung vor dem Leben nicht viel größer.

Als der Mensch die Schrift erfand, glaubte er, sich gegen die Unbill der Zeit zu sichern; er verschloß seine Gedanken in einem Buch, dem er ein immer mehr wachsendes und anscheinend unzerstörbares Vertrauen entgegenbrachte. Indessen, das Buch verdient in keiner Hinsicht dieses weitreichende Vertrauen, denn im Grunde ist es der unzuverlässigste Freund, den man sich denken kann. Sagt ihm, daß ihr soeben eine Entdeckung gemacht habt, und es hat nichts Eiligeres zu tun, als sie überall auszuplaudern, als ob die Sache alle Welt etwas anginge. Diese Gepflogenheit, vor niemand ein Geheimnis zu haben, ist das sicherste Mittel, zu guter Letzt niemand klüger zu machen, da jeder weiß, daß das Geschriebene nicht für ihn persönlich bestimmt ist.

Bei uns hatte sich die Sitte der Vorfahren erhalten, uns nur denen mitzuteilen, die wir liebhaben, mit der Gewißheit, daß sie von unserer Mitteilung einen guten Gebrauch machen würden. Deshalb behielt das Wort – und behält es noch immer – eine Bedeutung, die ihm die Bücher und Zeitungen nicht so bald rauben werden. Das Wort gewinnt noch mehr Macht in der Stunde des Todes, in der die Worte das Gewicht göttlicher Befehle erhalten.

Nun war ich hier bei Maa Medi, um zu hören, was nach ihrer Erinnerung mein Vater wenige Sekunden vor seinem Tode gesagt hatte.

»... denn du wirst nicht Geld genug haben, um die Mäuler zu verstopfen und die Lästerzungen abzuschneiden«, sagte sie.

Dann hielt sie eine Weile inne, bevor sie fortfuhr:

»Übrigens weißt du ja, daß dein Vater, dein armer Vater, der dich verlassen hat, als du noch ein kleiner Junge warst, du weißt ja, daß er auch schon eine Frau für dich gefunden hatte, ehe er starb.«

Das war richtig. Ehe mein Vater seinen letzten Seufzer ausstieß, hatte er noch die Kraft gehabt, mir für später, wenn ich groß sein würde, eine Frau auszusuchen: »Hör zu, Tanga, wenn je eine deiner Frauen eines Tages ein Mädchen zur Welt bringt, dann, ich bitte dich, dann gib es meinem Sohn zur Frau, hörst du, Tanga?« Und Tanga hatte unter Tränen ja gesagt, als er sah, daß sein Freund die Augen für immer schloß.

So kam es, daß ich als Sechsjähriger schon verlobt war, obgleich meine zukünftige Frau noch nicht einmal im Leibe ihrer Mutter empfangen war. Es vergingen an die drei Jahre, bis sie sich endlich zeigte: Fanny, die erste Tochter von Tangas Frau, oder vielmehr seiner dritten Frau; denn als er sah, daß keine der beiden Frauen, die er beim Tode meines Vaters hatte, eine Tochter zustande brachte, nahm Tanga aus Freundschaft zu meinem Vater eine dritte Frau, die ihm endlich eine Verlobte für mich schenkte.

Fanny war jetzt dreizehn Jahre alt, ich zweiundzwanzig. Ich weiß nicht, warum ich ganz mechanisch diesen Vergleich anstellte, um plötzlich zu entdecken, daß Agatha, die etwas über siebzehn Jahre alt war, als Gattin gewiß besser zu mir passen würde als Fanny. Aber Maa Medi ließ mich nicht aus den Augen. Es spannte sich zwischen ihr und mir ein unsichtbarer Faden, der unser Denken vom Morgen bis zum Abend verband, so fest, daß meine Mutter alles deutlich sah, was ich im tiefsten Grunde meiner Seele verbarg. So war ich denn erstaunt, als ich sie sagen hörte, gerade als hätte auch sie in ihren Gedanken die drei Verschiedenaltrigen aneinander gemessen und als wollte sie die Fragen beantworten, die mir dieser Vergleich auf die Zunge legen könnte:

»Du weißt ja: daß sie erst dreizehn ist, bedeutet keinen Hinderungsgrund für dich... Im Gegenteil, es ist ein wahrer Segen. Eine Frau, mein Sohn, läßt sich formen. Nimm sie, solange sie noch so jung ist, und du wirst Zeit haben, sie nach deiner Weise zu bilden und eine Gattin aus ihr zu machen, ganz wie du sie dir wünschst. Mit dreizehn ist sie nicht zu jung, um zu heiraten, glaub's mir. Und außerdem, was zwingt dich denn, sofort zu heiraten? Du kannst gut und gern noch ein oder zwei Jahre warten und erst heiraten, wenn Fanny fünfzehn ist... So alt war ich, als dein Vater mich heiratete.«

Dies war nun der Punkt, an dem sich die erste Meinungsverschiedenheit abzeichnete, denn ich hatte nicht mehr die Absicht, noch ein oder zwei Jahre zu warten. Ich wollte sobald wie möglich heiraten. Ich hätte es wahrscheinlich sofort getan, wenn mir Maa Medi erlaubt hätte, Agatha Moudio zu heiraten. Bisweilen empfindet der Mann ein so starkes Verlangen, sich mit einer Gefährtin von mehr oder weniger zweifelhaftem Ruf sehen zu lassen, daß er für den Rat seiner eigenen Mutter taub ist. Und allmählich wurde ich wirklich taub für Maa Medis Ratschläge, wenigstens was das lange Warten betraf, das sie mir auferlegen wollte. Taub, das ist ein Ausdruck, der der Wirklichkeit nicht ganz entspricht, denn das Kind, das ich in den Augen meiner Mutter blieb, hätte nicht die Kraft aufgebracht, sich ungehorsam zu zeigen nach der strengen Erziehung, die ihm einstmals zuteil geworden war und deren Spuren, gerade auf sexuellem Gebiet, das ihm fast ganz unbekannt geblieben war, später unvorhersehbare Folgen haben sollten. Das alles werdet ihr noch hören. Einstweilen hört noch dies:

»Wenn ich Fanny heirate, will ich muß«, sagte ich, »nun gut, ich werde es tun, Maa. Aber noch zwei Jahre warten, nein, das werde ich nicht.«

Ich weiß selbst nicht, was mich so zur Eile trieb. Heute kommt es mir sogar lächerlich vor, daß ich so schnell heiraten wollte, eben in dem Augenblick, da meine Mutter das Gegenteil annahm. Es war um so lächerlicher, als ich gar nicht recht wußte, was ein Mann mit einer Frau anfangen sollte, wenn er sie einmal geheiratet hatte. Wie dem auch sei, dies war meine Antwort, die ich Maa Medi an diesem Tage gab; ich hatte einen Punkt genannt, über den ich nicht mit mir handeln ließ. Ich hoffte meine Mutter damit zu dem Zugeständnis zu bringen, daß ich eine Frau brauchte, sofort, und zwar eine Frau, die schon eine war, und nicht ein Kind. Hochgespannte Hoffnung! Und ich konnte von diesem kindlichen Gedankengang nicht loskommen, ich dachte, Maa Medi vielleicht doch noch dahinzubringen, mir beizustimmen, daß diese »Frau, die schon eine war«, Agatha sein müsse. Ich brauche euch nicht zu sagen, daß meine Mutter meine Taktik augenblicklich durchschaute. Sie setzte eine gleichgültige Miene auf und sagte, um mich matt zu setzen:

»Wenn du sie gleich willst, mein Sohn, nichts einfacher als das. Ihr Vater wartet nur auf ein Wort von uns.«

Damit war Maa Medis Einstellung restlos geklärt. Sie hielt sich um so treuer an den letzten Willen ihres Mannes, als Agatha für sie das einzige Mädchen auf der Welt war, dem ich niemals einen Heiratsantrag machen durfte.

Jetzt nun, da der Regen Agatha bei mir festhielt, erinnerte ich mich jenes Tages, an dem mir meine Mutter deutlich zu verstehen gegeben hatte, daß sie mich nicht mit ihr zusammen sehen wollte. Dennoch, sosehr ich meiner Mutter zu gehorchen wünschte wie früher, als ich noch ein kleiner Junge war, so gewiß wäre kein Zauberer auf dieser Welt mächtig genug gewesen, mir zu helfen, es in der rechten Weise zu tun; denn das hieße im Augenblick auf Agatha Moudio zu verzichten und auf Fanny zu warten oder auch sie gleich zu heiraten, wenn ich das wollte, und in diesem Fall ihre Erziehung selbst in die Hand zu nehmen. Hier, vor Agatha, fühlte ich mich weniger denn je imstande, dem mütterlichen Rat zu folgen. Sie bezauberte mich, buchstäblich, und während draußen der Donner grollte, wurde mir in vollem Umfang klar, daß ich dieses Mädchen liebte, mehr als Worte sagen können, weit mehr, als Maa Medi ahnte.

Natürlich hatte ich Agatha nichts von der ablehnenden Haltung meiner Mutter gesagt. Sie vermutete sie wohl, weckte aber darum nicht weniger Zukunftshoffnungen in mir, für »unsere Zukunft«. Und wir würden glücklich sein, und wir würden nicht auf alles hören, was die Leute sagten, denn die Leute hatten ein gut geöltes Mundwerk und schwatzten über alles Mögliche, das sie nichts anging, und es würde ihr schon gelingen, sich meiner Mutter angenehm zu machen, die sie sehr liebe, und wir würden Kinder haben, viele Kinder, ganz wie in der Legende von Bile, dem Sohn Bessenges, unserm gemeinsamen Vorfahren, und dann, wer weiß, könnte ich eines Tages vielleicht etwas Besseres werden als ein einfacher Fischer. Hier unterbrach ich sie.

»Du weißt«, sagte ich, »ich bin Fischer geworden, weil mir das Freude macht. Es ist der Beruf, den ich liebe, und auch der einzige, den ich ordentlich ausüben kann. Ich denke gar nicht daran, etwas anderes zu werden. Ja, es macht mir Freude, im hellen Sonnenschein über das Wasser zu fahren mit meinem großen Schurz um die Hüften und dem Himmel zu danken, daß er mich groß und stark geschaffen hat. Ich möchte nicht Beamter werden und glaube auch gar nicht, daß ich es je werden könnte in Anbetracht der kurzen Zeit, die ich in der Schule verbracht habe. Jedenfalls wäre es mir sehr lieb zu wissen, daß du die Hoffnung aufgibst, ich könnte eines Tages meinen Beruf an den Nagel hängen, um eine sozusagen lukrativere Tätigkeit auszuüben. Kurzum, ich habe Freude an meinem Beruf und meine, daß die frische Luft mir denkbar gut bekommt.«

»Und wenn wir verheiratet sind, willst du weiterhin aufs Meer hinausfahren, auf das gefährliche Meer... Während vieler, vieler Wochen... Und du läßt mich ganz allein hier?«

Ich erwiderte ihr, dies sei das Los nicht weniger anderer

Frauen bei uns, denen es darum nicht schlechter gehe. Ihr seht, wenn ich euch eben sagte, daß ich von der Ehe eigentlich noch nicht viel wisse… Ich spürte, daß Agatha ein bißchen enttäuscht war. Aber als sie mir kurz darauf ihre Lebensgeschichte erzählte, da begriff ich ihren Wunsch, eines Tages etwas Besseres zu werden, wie man so sagt. Ich verstand auch, daß meine freimütige Erklärung sie enttäuschte und vor allem mein fester Entschluß, nichts an meiner sozialen Lage zu ändern. Sie brauchte einen Mann, der sie das ganze Leben lang lieben würde, aber sie wäre auch nicht böse, wenn er zugleich eine feste, gesicherte Stellung hätte, die so etwas Beruhigendes hat dank einem zum Monatsende regelmäßig aufgefüllten Geldbeutel. Ich glaube indessen, daß ihr daran nicht so viel gelegen war als an meiner Person, denn ihre Enttäuschung war schnell verflogen und bei unseren weiteren Gesprächen nie wieder zu spüren. Wie dem auch sei, dieser Regentag gab mir Gelegenheit, Agatha Moudio besser kennenzulernen.

»Weißt du«, sagte sie, »ich bin zunächst einmal die Tochter meiner Mutter, und erst mit Abstand die Tochter meines Vaters.«

Ich sah nicht recht, worauf sie hinauswollte. Ich lächelte, um anzudeuten, daß sie da doch eine selbstverständliche Wahrheit ausgesprochen habe, nur seiner Mutter ist ein Kind ganz sicher, falls es sich nicht um ein Adoptivkind handelt. Es ist also gewissermaßen zuerst das Kind seiner Mutter, bevor es das seines Vaters wird. Agatha verstand mein belustigtes Lächeln richtig und erklärte sich näher:

»Lächle nicht über mich, du wirst mich gleich verstehen. Mein Vater, mit seinen vier Frauen, hat sich nie um mich gekümmert, auch nicht um meine Erziehung. Wenn ich einige Jahre zur Schule gehen konnte, wenn ich heranwachsen und das werden konnte, was du hier vor dir siehst, so verdanke ich das meiner Mutter. Die arme Frau hatte drei Kinder von meinem Vater gehabt. Mama war seine erste Frau, untadelig, das kannst du mir glauben, nichts dagegen zu sagen. Als die beiden ersten Kinder zur Welt kamen, zeigte es sich leider, daß es keine Jungen waren. Du weißt ja, wie das ist bei uns, wenn ein Mann nicht gleich einen Jungen zu sehen bekommt, läßt er seiner Frau noch eine Chance. Aber wenn sie auch bei der zweiten Geburt noch nicht auf die Idee kommt, ihrem Mann einen Jungen zu schenken, gibt es keine Entschuldigung mehr. Der Mann sieht sich verpflichtet, eine zweite Frau zu nehmen in der Hoffnung, daß diese nun endlich den so ersehnten Jungen zur Welt bringt.«

»So halten es die meisten Männer«, sagte ich.

Ich wußte, daß ich eines Tages gezwungen sein könnte, es ebenso zu machen. Und der Gedanke, daß ich es tun würde, selbst wenn Agatha meine erste Frau wäre, stimmte mich für einen kurzen Augenblick traurig. Sicher kam Agatha derselbe Gedanke. Das Schweigen, das meiner Bemerkung folgte, machte es mir zur Gewißheit. Draußen regnete es noch immer, was vom Himmel wollte. Welch ein Wetter!

»Ja, die meisten Männer machen es so«, sagte sie schließlich und seufzte. »Es kann nicht anders sein, ich gebe es zu, obwohl es schwierig ist, einen Jungen oder ein Mädchen auf Bestellung zu liefern. Was meinen Vater angeht, muß ich aber anerkennen, daß er eher gut zu meiner Mutter war, denn er ließ ihr sogar eine dritte Chance. Und so bin ich auf die Welt gekommen, ich, die mein Vater nicht erwartete, weil er einen Jungen wollte. Meine Ankunft entfesselte seinen Zorn. Noch nie hatte man einen Mann gesehen, den die Geburt eines Kindes dermaßen aufbrachte. Meine Mutter erzählte mir einmal, daß mein Vater mich in den ersten zwei oder drei Tagen meines Lebens überhaupt nicht ansehen wollte und daß die Leute aus der Familie meiner Mutter zu ihm gingen und ihn anflehten, mir zu verzeihen, daß ich gekommen war. Sie brachten einen weißen Hahn mit, zwei junge Ziegen, zwei große Jamswurzeln und eine Banknote von fünfhundert Francs, die sie meinem Vater gaben, um ihn zu versöhnen. Die Versöhnung erfolgte im Verlauf eines Festes, an dem die Mitglieder beider Familien teilnahmen. Aber begreiflicherweise grollte der Vater meiner Mutter noch immer. Er grollte ihr um so mehr, da er sie wirklich geliebt hatte. So sind die Männer, sie verzeihen es ihrer Frau nicht, sie enttäuscht zu haben. Wenn du weißt, daß Vater bei Mamas dritter Schwangerschaft so fest auf einen Jungen gerechnet hatte, daß er einige Tage vor der Niederkunft Freunde von weither eingeladen hatte, kannst du dir vorstellen, was für Gesichter sie alle schnitten, als ich ihnen die Unschuldsmiene eines Neugeborenen zeigte, von dem niemand etwas wissen wollte – niemand außer meiner armen Mutter. Sie freilich erinnerte sich, daß sie mich an die zehn Monde in ihrem Leib getragen hatte.«

»Aber«, unterbrach ich sie, »hat denn deine Mutter aus der Versöhnung und dem ganzen Fest, das damit verbunden war, keinen Nutzen ziehen können?«

»Du kennst meinen Vater nicht«, sagte Agatha. »Er war mir sozusagen nicht mehr böse, aber im Grunde, weißt du, hat er mir doch niemals ganz verziehen. Und der Mama machte er das Leben immer saurer, und wenn die arme Frau an den Folgen einer langen Krankheit starb, so hat die schlechte Behandlung meines Vaters wohl kaum dazu beigetragen, sich davon zu erholen, glaub mir! Ich bin überzeugt, daß der Kummer ebenso schuld an ihrem Tod war wie die Krankheit.«

»Es ist jetzt drei Jahre her…«

»Ja, seit drei Jahren ist sie tot. Ich war etwas über vierzehn, als sie starb. Seitdem war ich mir selbst überlassen. Ich bin ganz allein groß geworden, und wie! Das kannst du mir glauben.«

Ich glaubte ihr ohne weiteres, denn mir war schließlich nicht unbekannt, was sie da alles sagte. Aber jetzt durchschaute ich den Zusammenhang der Dinge besser. Es stimmte schon, gerade in den letzten zwei oder drei Jahren hatte sie mehr als jede andere in unserer Gegend Aufsehen erregt. Also erst nach dem Tod ihrer Mutter, als sie allein oder doch beinah allein in der Welt stand mit einem Vater, der sich mehr um seine drei anderen Frauen kümmerte und um seine »männlichen Kinder«, hatte sie nach und nach ihre Berühmtheit erlangt, eine Berühmtheit übler Art. Aber was unsere Leute noch nicht begriffen hatten, war eben dies: Agathas schlechte Aufführung war die Folge einer nachlässigen, ganz dem Zufall überlassenen Erziehung. Und so schien es mir eine über die Maßen große Ungerechtigkeit zu sein, das arme Mädchen für all die Dummheiten verantwortlich zu machen, die sie bei einem gescheiteren Vater nie begangen haben würde.

Es war Abend geworden, der Regen trommelte noch immer.

Das Salz! dachte ich. Es liegt an dem verbrannten Salz. Ich wette, sie hat eine ganze Schaufel voll ins Feuer geworfen. Was für ein Regen, Himmel, was für ein Regen... Inzwischen fuhr Agatha fort, leise zu mir zu sprechen und mir ihr Leben zu schildern, oder besser zu erklären, und ihre eigenen Zukunftspläne. Und dieses Mädchen, das nichts von einer reifen Persönlichkeit hatte, setzte mich in höchstes Erstaunen durch die Klarheit ihrer Schilderung. Sie war ein gescheites Mädchen, und ich war mehr als erfreut, als mir das klar wurde.

»Du siehst, ich habe kein normales Leben gehabt.«

»Geh, du sprichst ja, als ob du schon eine alte Frau von siebzig Jahren wärst, Agatha, die einen Augenblick lang in das tiefe Loch ihrer Vergangenheit hineinschaut und plötzlich entdeckt, daß sie nicht gelebt hat, wie sie hätte leben sollen oder leben können. Das Leben? Es liegt doch vor dir!«

»Vor uns, wenn du willst«, sagte sie.

Ich zitterte bei dieser unverhüllten Aufforderung, denn ich dachte an Maa Medi.

»Ich habe das alles bisher nicht so gesehen«, fuhr Agatha fort. »Ich muß dir zu dieser Sache die Wahrheit sagen. Ich habe mir gesagt, daß ich nach einer so unglücklichen Kindheit zusehen müsse, einem reichen Mann zu begegnen, der nie daran denken würde, wenn wir erst richtig verheiratet sind, eine zweite Frau zu nehmen, selbst wenn ich ihm keine Söhne schenkte. Ich suchte einen Mann, der mich so glücklich machen sollte, wie es mir noch nie widerfahren war, aber vor allem sollte er reich sein, er sollte Hemd und Hose anhaben, eine Krawatte und eine Jacke... Und mit schönen Schuhen an den Füßen. Wer hatte mir doch gesagt, daß ein solcher Mann in einem Büro arbeiten würde, bei den Weißen? Ich weiß es nicht mehr. Aber es ist ja auch gleich, jetzt, wo ich meinen Mann gefunden habe. Er mag sich sein Leben einrichten, wie er will, jedenfalls will ich bei ihm bleiben. Meine Zukunft wird von nun an auch deine Zukunft sein, La Loi. Du kannst aus mir machen, was du willst, wenn du mich zur Frau nehmen willst...«

Sie schwieg.

Wenn eine Frau in ihrer Erzählung bis zu diesem Punkt gekommen ist, verstummt sie. Das ist eine Taktik. Damit gewinnt sie Zeit und kann feststellen, ob sie nicht zu weit gegangen ist, und sie kann sich auf den Seufzer der Erleichterung vorbereiten, der – so hofft sie – das begonnene Gespräch weitergehen läßt. Diesen Seufzer wird sie ausstoßen, sobald die andere Seite ihren Vorschlag aufgreift – und er kann den Ton eines unverkennbaren Unwillens annehmen, wenn der Mann, dem er gilt, die Erklärung ungünstig aufnimmt. Daran könnt ihr ermessen, in welcher peinlichen Lage ich mich befand. Agatha eine bejahende Antwort geben hieß, alle Beweisgründe Maa Medis verwerfen, die sie mir schon vorher auseinandergesetzt hatte, warum sie von einer derartigen Schwiegertochter nichts wissen wollte. Ein Nein aber war genauso unmöglich. Überhaupt nicht darauf eingehen? Solche Scheinlösungen waren nicht mein Fall. Sie lösen die Probleme nicht. Ich sagte etwas unbestimmt:

»Die Zukunft ist in Dunkel gehüllt, Agatha. Wir wollen uns weiterhin liebhaben, dann werden die Dinge sich mit der Zeit von selbst klären. Schließlich bist du ja noch jung, du weißt doch, daß...«

»Wie? Ich bin noch jung? Soll das heißen, daß ich zu jung bin, um deine Braut oder deine Frau zu werden? Ich bin jung und rede mit dir wie eine Erwachsene? Ich sage dir, daß ich dir, wenn wir heiraten, helfen will, ein Mann zu werden! Ich zu jung für dich? Hast du etwa eine ältere als mich? Wer hat dir überhaupt gesagt, daß du durchaus eine alte Frau heiraten sollst, als ob du schon selber alt wärst? Nein, laß dir sagen: du wirst mich heiraten, weil du mich liebst und weil ich dich mehr liebe, als irgendeine Frau auf der Welt dich jemals lieben wird.«

Es beunruhigte mich ein wenig, wie Agatha so unbekümmert verkündete, daß ich sie heiraten werde und sonst keine. Ein unbehagliches Gefühl kroch mir auf einmal über den Rücken, als das junge Mädchen mit solcher Bestimmtheit über mich verfügte. Mir wurde ein bißchen angst. Ich sagte mir, daß ich neben mancherlei sonstigen Überraschungen vor allem mit der eigenwilligen Persönlichkeit meiner lieben Frau zu rechnen haben würde. Alles in allem, wenn ich mich für Agatha entschied, ich meine, wenn ich bereit war sie zu heiraten, dann entschied ich mich für ein eheliches Leben, wie es nicht einer meiner Vorfahren geführt hatte, die sich über den Rat ihrer Frau jederzeit hinwegsetzen konnten, wenn ihnen seine Nützlichkeit nicht ohne weiteres einleuchtete. Aber heutzutage hat die afrikanische Frau schon etwas zu sagen. Ich wünsche ihr, daß sie ihre Meinung im richtigen Augenblick des Gesprächs anbringt, damit ihr Mann, ein vollkommen zivilisierter Mann, ihre Meinung auch zur Kenntnis nimmt. Alle Menschen müssen am Fortschritt teilhaben. Aber wir in unserem Dorf hatten uns zu der Zeit, als ich mich mit dem Problem der Gattenwahl herumschlug, noch nicht zur Höhe der europäischen Zivilisation emporgeschwungen, die ohne Vorbehalt die Gleichheit von Mann und Frau auf Erden preist. Dazu fehlte noch viel. Und da ich mir plötzlich bewußt wurde, daß ich keinerlei Lust verspürte, den großen Wegbereiter der afrikanischen Frauenemanzipation zu spielen, kam ich zu der Überzeugung, daß Agatha bei all meiner großen Liebe schwerlich die Frau war, die ich im Hinblick auf die Verhältnisse in unserem Dorf wirklich brauchte. Der Gedanke, daß sie bei uns nicht übermäßig angesehen war, konnte mich erst recht nicht ermutigen, mich zu der ihr vorschwebenden Form von Liebe zu bekennen. Ich unterbrach sie:

»Hör zu, Agatha«, sagte ich, »hör zu. Du sprichst genauso mit mir, wie die weißen Frauen mit ihren Männern sprechen. Wenn die Jäger sonntags zu uns kommen, sehe ich bisweilen, wie eine der Damen ihren Mann ausschimpft. Es erschreckt mich zu denken, daß du es mit mir genauso machen könntest, wenn wir erst einmal verheiratet sind. Vielleicht sprichst du nur so, weil du die Weißen kennst, aber du weißt gut, daß bei uns hier niemals eine Frau zu einem Mann sagt, ›du sollst mich heiraten, mich sollst du heiraten ...‹ Und du weißt auch, daß die Sache nicht von uns abhängt, sondern hauptsächlich von unsern Verwandten. Du hast zwar keine Mutter mehr; und was mich angeht, ich habe meinen Vater vor mehr als fünfzehn Jahren verloren. Aber das heißt keineswegs, daß wir allein in der Welt stünden und uns verheiraten könnten, wenn wir wollten. Da haben immer noch unsere beiderseitigen Familien ein Wort mitzureden. Mein Vorschlag ist der: wir lieben uns weiterhin so herzlich, wie wir uns gegenwärtig lieben, und allmählich, du wirst sehen, werden sich die Dinge von selbst regeln. Es wird schon alles in Ordnung kommen, du wirst sehen, und später wirst du sagen, daß mein Vorschlag der weisere war.«

Inzwischen war es völlig Nacht geworden, aber Agathas Regen wollte immer noch nicht aufhören. Daß es am Tag regnet, so daß die Leute nicht aus ihren Häusern heraus können, das hat einen Sinn. Aber daß er die Nacht hindurch anhält, wo er niemand weh tut, das scheint mir überflüssig. Und er hielt an, er trommelte noch immer auf das Dach meines Hauses und auf die Dorfstraße und überall.

»Wenn das so weitergeht«, sagte Agatha, »werden morgen die Frauen kein Wasser aus dem Fluß zu holen brauchen. Alle Gefäße, die nebeneinander unter den Dachrinnen stehen, müssen jetzt schon randvoll sein.«

Da kam mir plötzlich die überwältigende Überlegenheit

unseres Dorfes über die benachbarten Dörfer zu Bewußtsein. Denn wir hatten seit einiger Zeit einen Brunnen mit fließendem Wasser, »und jetzt haben wir reines Wasser«, sagte ich, »und nicht mehr schmutziges Flußwasser wie bei euch.« Das nahm mir Agatha übel.

»Wir zu Hause«, erwiderte sie, »haben diese ausländischen Dinge nicht nötig. Der Himmel hat den Fluß und das Regenwasser zu unserm Besten erschaffen, und wir verfügen darüber nach Gutdünken. Und diesen Brunnen«, schloß sie, »nein, den brauchen wir ganz und gar nicht. Wo ein Brunnen ist, gibt es ewig Streit zwischen den Weibern.«

Agatha hatte recht; seit der Brunnen da war, hatte das Leben bei uns ein anderes Gesicht bekommen. In den Ländern, wo die Leute an Wohnungen mit fließendem Wasser gewöhnt sind, macht man sich keine Vorstellung, welche Umwälzung ein öffentlicher Brunnen in einem kleinen afrikanischen Dorf zuwege bringt. Dieses Ding, das das fließende Wasser zu Leuten bringt, die es in dieser praktischen Form bisher nicht kannten, hält seine Benutzer zugleich über alles Geschehen auf dem laufenden – nicht nur in unserer Gegend, sondern in der »ganzen Welt«. Ich kann mich da auf unsere Leute berufen, sie wissen Bescheid über alle Ereignisse, große und kleine, gleichviel unter welchem Breitengrad. Aber praktisch kommt diese kostenlose Informationsquelle unmittelbar nur unsern Frauen zugute. Wenn ihr wissen wollt, ob Ebanda tatsächlich heute nacht seine Frau so verprügelt hat wie noch nie, wenn ihr hören wollt, daß der alte Ebumbu zum dritten Mal auf Freiersfüßen geht, und daß die Frau von den Bakokos kommt und dreißig Jahre jünger ist als er, wenn ihr hören wollt, daß der Häuptling des Nachbarortes nicht ganz ehrlich ist, weil er ein Grundstück verkauft hat, das nicht sein Eigentum war, wenn ihr all das hören wollt mitsamt den spöttischen Randbemerkungen, mit denen diese Nachrichten verziert werden, dann geht nur zum Dorfbrunnen, und ihr werdet den Fortschritt nach seinem wahren Wert zu schätzen wissen.

»Nein«, wiederholte Agatha, »wir mögen dieses Zeug

nicht, das bloß Unfrieden stiftet... Wenn du denkst, daß der Krach, den die Weiber wegen eines Ja oder eines Nein am Dorfbrunnen machen, uns Lust macht, das Wasser der Weißen dem Wasser Gottes vorzuziehen...«

Das ist wahr, denn bisweilen kommt es zu höchst anstößigen Szenen am Dorfbrunnen, wegen nichts und wieder nichts.

Da braucht bloß eine Frau in der Eile ihren Krug unter das Rohr zu stellen, ehe sie an der Reihe ist, und schon ist die schönste Prügelei im Gange, die oft mit zerrissenen Kleidern endet, zerrissen in einer Weise... Die Endale wird es nicht ausposaunen, was ihr an dem Morgen passiert ist, an dem ihr Mann sie drängte, ihm schnell sein Badewasser zu holen. Es ist wirklich wahr, seit wir den Brunnen haben, werfen die meisten Männer mit hygienischen Ausdrücken um sich, die bisher in unserem Dorf unbekannt waren. Vor allem war es auf einmal so gefährlich, in dem »dreckigen Flußwasser« zu baden. Sie vergaßen, welche guten Dienste uns dieses »Dreckwasser« bisher geleistet hatte – ohne sich als besonders gefährlich zu erweisen –, als es noch keinen Brunnen bei uns gab. Und nun verlangten diese anspruchsvollen Männer eines neuen Jahrhunderts von ihren Frauen, Wasser für die Toilette oder für das häusliche Bad zu holen!

Also, eines Morgens war Endale zum Brunnen gegangen. In ihrer Eile achtete sie nicht darauf, daß schon andere vor ihr gekommen waren, Tante Adele, die Frau meines Onkels Gros-Cœur, und Dina, eine unbedeutende, engstirnige Frau aus der Nachbarschaft, die um jeden Preis als eine gewichtige Persönlichkeit angesehen werden wollte. Mein Onkel Gros-Cœur war der einzige im Dorf, der regelmäßig in der Stadt arbeitete, und Dina, deren Mann Fischer war wie die meisten von uns, war schrecklich neidisch auf Tante Adele und ließ sich keine Gelegenheit entgehen, sie in verächtlichem Ton daran zu erinnern, daß sie keine Hiesige war, sondern daß mein Onkel sie aus dem Busch geholt hatte, viele Tagesmärsche von hier. Ich möchte wissen, warum Onkel Gros-Cœur Tage und Nächte so weit gelaufen war, um meine Tante aus dem Busch zu holen.

Und dann war an diesem Morgen noch Mutter Bösblick da. Ja, »natürlich war sie da«, werdet ihr nachher sagen, wenn sie euch wieder begegnet, denn dann werdet ihr wissen, daß man sie überall in unserm Dorf traf, zu jeder Tages- und Nachtzeit.

Der Wasserhahn lief und lief, aber langsam und ohne nach der Zeit zu fragen. Das Wasser schmeckte nach neuem Rohr, es war nicht klar und hatte einen weißlichen Bodensatz, der mich heute ernstlich an seiner Sauberkeit zweifeln läßt. Aber für uns war es eben das Brunnenwasser, nämlich das Wasser, das von den Weißen vorbehandelt und »speziell für unser Dorf geliefert« war, wie wir nicht ohne Stolz zu sagen pflegten. Das genügte, um es dem besten Quellwasser vorzuziehen, mochte es noch so klar und rein sein. Wir fingen an, frischfröhlich in das zivilisierte Leben hineinzumarschieren, jenes Leben, das die Bewohner der Großstadt im Handumdrehen angenommen hatten, und wir waren stolz bei dem Gedanken, daß von allen Dörfern des »weiteren Umkreises« gerade das unsere ausgewählt worden war für die Errichtung des ersten Brunnens. Eben darum hatte ich diesen überlegenen Ton angeschlagen, als ich Agatha daran erinnerte, daß wir kein Regenwasser zum Leben brauchten, da wir ja zu jeder Zeit und das ganze Jahr hindurch über diesen Brunnen mit dem freigebigen Wasserhahn verfügten.

3

Es war spät in der Nacht, als der Regen endlich aufhörte.

Er hörte ganz plötzlich auf, so daß die Erde gar nicht darauf gefaßt war. Die Engel des Himmels hatten den Befehl erhalten, ihre Wassereimer sofort abzusetzen. Sie hatten diesen Befehl erhalten, ganz sicher. Jetzt betrachteten sie die schwarze Erde der Menschen mit tiefem Mitleid. Und die Hölle im Mittelpunkt der Erde, wo der büßende Fischer in aller Zeiten Ewigkeit verdurstet, die Hölle im Mittelpunkt der Erde schickte sich an, das vom Himmel verworfene schmutzige Wasser langsam zu trinken.

Wenn du eines Tages stirbst, so folge nach deinem letzten Seufzer nicht der schönen, breiten, glänzenden Straße, die der Satan gebaut hat, um die Seelen zu betrügen und sie in sein finsteres Reich zu ziehen. Dort unten trinken die Menschen nur Regenwasser, das Wasser, das die Erde selbst nicht will. Wenn du zum Jenseits aufbrichst, folge dem bescheidenen, stillen Weg, der nach gar nichts aussieht und der deine Seele zum Heil führt.

Als Agatha gegangen war, lag ich noch immer auf meinem Bambusbett und ließ meine Phantasie zwischen Himmel und Hölle hin und her wandern.

Die Leute, die auf dieser Erde keinen öffentlichen Brunnen haben und auf Regen warten, um Wasser zu haben, das sie für rein halten, sind übel dran, sagte ich mir, denn sie trinken schon in dieser Welt das gleiche Wasser, das sie später in der Hölle finden werden. Zum Glück glaube ich, daß nur wenige Menschen in die Hölle kommen. Im Grunde ist es ja so schwierig, hineinzukommen, denn von Kindesbeinen an hat der Mensch bei uns gelernt, sich zu hüten vor der »schönen, breiten, glänzenden Straße, die Satan gebaut hat, um die Seelen zu betrügen und in das Reich der Finsternis zu locken«. Wenn wirklich noch jemand unter uns ist, der sich nicht dieser bedeutsamen Warnung erinnert, so weiß ich nicht, was ich von ihm halten soll. Nein, von uns kommt niemand in die Hölle. Niemand, nicht einmal Eya, dem man so viele »geheime Morde« zuschreibt – die in aller Stille im unsichtbaren Bezirk der Zauberei vollzogen werden und sich durch den Tod eines Mannes, einer Frau kundgeben, deren Seele nachher als ewige Gefangene im Dienst des Magiers schmachtet. Niemand, nicht einmal Mutter Bösblick, diese garstige Hexe, die die Frauen hindert zu empfangen, nicht einmal Dina, die sich vor aller Welt so wichtig macht und nichts weiter zu bieten hat als die unerträglichen Worte, die aus ihrem teuflischen Munde kommen...

Dina...

Ich wollte euch ja erzählen, was sie an jenem Morgen der Endale angetan hat, aber Agatha hatte mich unterbrochen.

Endale kam also zum Dorfbrunnen mit einer riesigen weißen Emaille-Wanne, die sie ohne Umstände auf Mutter Bösblicks Eimer stellte. Solche Frauen gibt es, die brauchen bloß eines Morgens mit dem linken Fuß aufzustehen, und schon denken sie, sie könnten einfach Wasser schöpfen, bevor sie an der Reihe sind. Aber es kam anders, als man denken sollte.

Nicht Mutter Bösblick schritt ein, sie begnügte sich damit, ihre Verwunderung zu zeigen, indem sie in der Art unserer Frauen zweimal in die Hände klatschte. Nein, es war Dina, die in Harnisch geriet: »Was machst du denn da, Endale? Kannst du nicht warten, bis...«

»Warten, warten worauf? Sag, ist das fließende Wasser hier nicht für alle? Warten, warten... Statt Wasser zu holen für eure Männer, steht ihr hier herum und schwätzt wie die Narren, und nun sagst du, ich soll warten...«

»He-e-e-e!« schrie Dina. »Seht euch an, was die sich herausnimmt mit ihrer dreckigen Schale...«

»Selber dreckig!« keifte Endale und hielt ihre Wanne unter den geduldigen Wasserhahn. »Dreckig soll meine Wanne sein? Denkst du vielleicht, sie ist so dreckig wie dein Gesicht? Guck's dir nur an! Und so was beleidigt meine Wanne!«

»Nimm sie weg! Nimm sie sofort weg, sonst wirst du was erleben!«

»Was denn erleben? Ich denke nicht daran... Was denn erleben? Sag doch mal!«

»Das wirst du gleich sehen. Komm nur, gehen wir ein Stück beiseite, bloß einen Augenblick, dann werden wir uns ein wenig auseinandersetzen als Frauen, die sich stark fühlen. Komm nur!«

Die Frauen bei uns haben keinen Sinn für eine gemeinsame Verteidigung. Statt sich allesamt gegen Endales Unverschämtheit zu wehren, zogen sie sich mutig auf den Standpunkt zurück, daß das Vorkommnis, das sich da vor ihren Augen abspielte, sie nicht betraf. Sie schlossen sogleich einen Kreis um die beiden Frauen. Ein kostenloses Schauspiel für alle.

»Du bist doch auch aus diesem Dorf«, rief Dina (nur um daran zu erinnern, daß sie zu unserm Dorf gehörte, was uns allzugut bekannt war, glaubt mir), »komm doch auf die Straße, daß jeder sieht, was du für eine bist!«

»Ich komme nicht«, sagte Endale, »ich denke nicht daran. Mein Mann wartet auf mich, er braucht das Wasser. Ich bin keine solche Schlampe wie du.«

Darauf überschütteten die andern Endale mit Hohngelächter und Bemerkungen wie, daß es kein schwächlicheres Geschöpf im Dorf gebe wie sie. Alle machten sich über Endale lustig, sie aber ließ das Wasser weiter in ihre Wanne laufen, ohne sich um das Gespött zu kümmern. Endlich war die Wanne voll. Endale setzte sie sich auf den Kopf und schickte sich an fortzugehen. In diesem Augenblick kam natürlich der Schlußeffekt; Dina stellte ihr ein Bein, und Endale fand sich auf der Erde wieder, das Wasser war verschüttet und ihr Kleid völlig durchnäßt. Aber mit dieser unerwarteten Dusche war es nicht getan. Dina stürzte sich auf sie und bearbeitete sie mit den Fäusten, und dazu schrie sie immerzu, daß Endale nicht das Recht habe, Wasser zu holen, bevor sie an der Reihe sei. Wenn ihr Mann in der Stadt arbeite, sei das noch lange kein Grund für sie, sich als

Königin des Dorfes aufzuspielen. Außerdem, was sei das schon, ein Mann, der in der Stadt arbeitet? Sei er darum mehr als die andern Männer? Noch dazu, wo niemand bisher herausgefunden habe, wo dieser berühmte Mann überhaupt angestellt sei, und er gehe auch nicht regelmäßig hin... Und ob ihr eigener Mann, Dinas Mann, nicht auch ein Mann sei? Hatte er ihr nicht einen Regenschirm gekauft, wie er in keinem Laden zu finden war, weil es auf der ganzen Welt nur diesen einen gab? (Als ob unser Dorf den dringenden Wunsch hätte, ein zweites Exemplar des gleichen Regenschirms zu besitzen...)

Die andern Frauen hetzten Dina auf, noch fester zuzuschlagen; gleichzeitig schrien sie Endale an, sich nicht so viel gefallen zu lassen, sich zu verteidigen. Das versuchte sie, und damit nahm die Katastrophe ihren Anfang. Dina machte sich ein Vergnügen daraus, ihr das Kleid zu zerreißen, und dann, was darunter war. Als es Endale endlich gelang auf die Beine zu kommen, gab es eine Nacktvorstellung, wie sie wenigstens in unserem Dorf nicht Brauch war. Eine tolle Geschichte! Und da war es wieder Mutter Böslick, die ihr einen kleinen Schurz lieh zur Wahrung der guten Sitten. Die Kunde von diesem Ereignis verbreitete sich mit Windeseile in ganz Duala, und es sollte mich wundern, wenn sie nicht auch bis zu euch gedrungen wäre.

Aber am folgenden Tag, als sich die Geister beruhigt hatten, ging Dina zu Endale, um ihr in Form von reifen Mangofrüchten ihr freundschaftliches Bedauern zu bekunden. Aber ach, nichts vermochte Endales unauslöschliche Schande auszulöschen, die Schande jenes Morgens, da sie als brave Hausfrau zum Wasserholen nach dem Dorfbrunnen gegangen war.

»Nein«, hatte Agatha Moudio gesagt, »wir brauchen dieses Zeug nicht, das bloß Unfrieden stiftet...«

Freilich hätte unser Dorf sich diese morgendliche Prügelszene gut und gern ersparen können.

Ich schlief ein und träumte vom Fischfang auf hoher See.

Als ich am nächsten Morgen erwachte, lag meine Veranda im hellen Sonnenschein, als habe es seit Monaten nicht geregnet. Was für eine Jahreszeit! dachte ich. Heute regnet es, was vom Himmel will, und morgen ist wieder der schönste Sommer. Und trotzdem, hätte es tags zuvor nicht so geregnet...

Ich traf Maa Medi, die eben vom Brunnen kam.

»Guten Tag!« rief ich ihr zu. »Bist du diesen Morgen ›gut herausgekommen‹? Wie geht's dir, Maa?«

Sie erwiderte mir in einem sonderbaren Ton, daß sie tatsächlich »gut herausgekommen« sei, und daß alles in Ordnung gehe. Ich hatte das unbehagliche Gefühl, daß meine Mutter an diesem Morgen nichts von mir wissen wollte. Ihr wißt ja, wie sie ist, sie gehört zu den Leuten, die sich keine große Mühe geben, ihre Gefühle zu verbergen, und die einem mit einer Gebärde, mit einer einzigen Silbe zu verstehen geben, daß die Dinge nicht nach ihren Wünschen laufen. Und an diesem Morgen liefen die Dinge in der Tat nicht nach Maa Medis Wünschen. Am Brunnen war Mutter Bösblick grade dabei, jedem, der es hören wollte, zu erzählen, was sich jüngst im Dorf ereignet hatte, und natürlich kam bei diesen Frühnachrichten auch der skandalöse Besuch zur Sprache, den mir Agatha gemacht hatte mit der beruhigenden Versicherung, niemand habe sie gesehen. Aber ich sagte euch schon, Mutter Bösblick, diese garstige Hexe, hat ihre Antennen überall... Daher war Maa Medi böse auf mich, was verständlich ist nach den Ratschlägen, die sie mir vorher hinsichtlich Agathas gegeben hatte, dieses Enfant terrible der ganzen Gegend.

Als mich meine Mutter an diesem Morgen zum Frühstück rief, war ich weit davon entfernt, mich stark zu fühlen. Ich machte mich ganz klein und kam, wie gewöhnlich, in gebückter Haltung durch die kleine Tür. Das Frühstück war gut. Es schmeckte mir, wie es mir seit meiner Kindheit immer geschmeckt hatte, und da konnte ich nicht anders, ich mußte so lange wie möglich dableiben. Ich aß und hörte der guten Maa zu. Zwischen uns beiden konnte es überhaupt keine unklare Situation geben. Ich war ihr einziger Sohn, das einzige wirkliche Geschenk, das sie je vom Himmel empfangen hatte, und jetzt der einzige Mensch, auf den sie sich verlassen konnte. Ich war ihr ein und alles, ich durfte sie nicht enttäuschen. Warum hatte ich mir nur diesen Besuch gefallen lassen, beinahe unter den Augen meiner Mutter und als wollte ich mich über sie und ihre Ratschläge lustig machen? Warum hatte ich das getan? Etwa um ihr klarzumachen, daß ich ihr, meiner Mutter, zum Trotz dieses Mädchen mit dem schlechten Lebenswandel heiraten werde?

Ich fing an, Maa Medi ganz vorsichtig zu erklären, daß mich Agatha unangemeldet überrascht hatte und daß niemals zwischen ihr und mir ein solcher Besuch verabredet worden war.

»Übrigens hast du ja gemerkt«, sagte ich zu meiner Mutter, »daß sie, um ja nicht von dir oder sonst jemand überrascht zu werden, auf den Gedanken gekommen ist, es regnen zu lassen.«

»Und was für ein Regen, Herrgott, was für ein Regen!« bestätigte Maa Medi, durch meine Erklärungen mehr und mehr beruhigt. »Du kannst es mir glauben, diese Sorte Mädchen würde alles tun, um dich zu haben. Du mußt dich sehr vorsehen, Sohn. Du weißt, du hast eine Verlobte, die dir dein Vater im Sterben hinterlassen hat. Die Toten dürfen die Augen nicht wieder öffnen, sonst...«

Hier schlug meine Mutter den Mittelfinger der linken Hand über den Zeigefinger. Eine ungehörige Handlung meinerseits würde die Augen meines Vaters öffnen, der in seinem Grabe schlief, und den Frieden seines ewigen Schlafes stören. Und wie kann ein Toter mit offenen Augen daliegen, solange sein übriger Körper noch in den Banden des Todes liegt und die völlige Auferstehung nicht erlaubt? Nein, ich hatte nicht das Recht, meinen Vater einer so schrecklichen Prüfung auszusetzen. Ich würde es nicht tun, und in jedem Fall würden Maa Medis Finger das Unheil abwenden.

Ich blieb noch eine Woche im Dorf, um mich auf die Ausfahrt vorzubereiten. Die Hochsaison für den Fischfang hatte eben begonnen. Im ganzen Dorf waren die Bootsmannschaften dabei, ihre Netze zu flicken und die Wurfnetze mit Bleistücken zu versehen. Ganze Stränge von weißen und schwarzen Schnüren wurden in die Netznadeln aus hartem Holz eingezogen, die flink zwischen den Fäden hin und her fuhren und neue Maschen entstehen ließen. Das Netz wurde größer und größer unter munterem Pfeifen und Singen. Andere kümmerten sich um die Vorräte, denn man würde vier Wochen unterwegs sein, vier Wochen, in denen man sich ordentlich ernähren mußte, um es mit den hochgehenden Wogen des stürmischen Meers aufnehmen zu können... Alles war fieberhaft an der Arbeit.

Und dann kam der Morgen der Ausfahrt.

Unsere Mannschaft bestand aus sechs Leuten, lauter munteren Burschen, die sich in der harten und zugleich spannenden Arbeit auskannten, die sie erwartete. »Die hohe See, oh, die kenne ich. Und ob ich sie kenne! Hunderte von Malen bin ich seit meiner Kindheit hinausgefahren«, konnte jeder von uns sagen. Und das war wahr, wir kannten sie alle gut mit ihren großen Fischen und kleinen Fischen, den scheußlichen Haien und den apokalyptischen Stürmen, und kannten die Verbundenheit unter den Männern guten Willens, die sie befuhren und der Gefahr trotzten.

Allmählich blieb das heimatliche Ufer hinter uns zurück, während wir träge unsere Paddel im ruhigen Wasser des Stromes spielen ließen. Nach etwa drei Stunden war die Mündung erreicht, die mehrere Kilometer breite Flußmündung. Hier würden die Schwierigkeiten beginnen. Die unendliche Weite der salzigen Fluten vor uns bot das unbeschreibliche Schauspiel von der Nichtigkeit des Menschen. Das unbewegte Meer spiegelte das Silbergrau des bewölkten Himmels wider. Es war niemals blau an dieser Stelle, zu keiner Jahreszeit. Im Grunde war uns die Farbe des Wassers gleichgültig. Was an Fischen darin zu finden war, darauf kam es an. Ob blau oder grau, wenn nur genug Fische darin waren. Und hier gab es genug für ganz Duala und noch mehr. Der Himmel – nicht dieser Teil des Alls, der sich dem leiblichen Auge so anmutig darbietet –, der richtige Himmel, der unsichtbare Himmel des Jenseits, hatte uns ein fruchtbares Meer mit Fischen jeder Art geschenkt.

So weit war ich in meinen müßigen Betrachtungen gekommen, aus denen mich plötzlich mein Vetter Ekeke aufschreckte, der auch zu unserer Mannschaft zählte.

»Es stimmt also, La Loi, was ich heute morgen gehört habe?«

»Was hast du denn gehört?«

»Willst du uns etwa erzählen, daß du keine Ahnung hast, wo dich doch die Sache zuallererst angeht? Heute früh haben die Frauen am Brunnen davon gesprochen. Wenn du uns nicht selbst die Wahrheit sagst, wer soll sie uns dann sagen? Hast du es als eine Überraschung für uns gedacht? Also damit ist's vorbei... Das ist schon kein Geheimnis mehr, für niemand.«

»Ich weiß überhaupt nicht, wovon du redest.«

»Wovon? Wovon er redet?« riefen die andern. Sie wollten sich totlachen. Sie ließen einen Augenblick ihre Paddel los, daß sie ein paar Meter davonschwammen. Sie konnten sich einfach nicht beruhigen... Ich ruderte aus allen Kräften auf die Paddel zu und holte sie wieder herein. Ich verstand weder, wovon sie sprachen, noch worüber sie lachten, aber am tollsten war, daß sie selbst überzeugt waren, ich spiele nur den Unschuldsengel in einer Sache, die »mich zuallererst angeht«.

Ich ließ nicht nach mit Bitten, sie möchten mir doch endlich sagen, worum es sich handle. Ich setzte mein ernstestes und feierlichstes Gesicht auf, und sie begriffen endlich, daß ich nicht scherzte. Und ihr könnt es mir glauben, ich traute meinen Ohren nicht, als ich endlich erfuhr, was mich erwartete.

»Was die Frauen heute morgen am Brunnen gesagt haben«, verkündete mir Ekeke, »was sie gesagt haben, nun, daß du gleich nach unserer Rückkehr heiraten wirst.«

»Heiraten?... Das möchte ich sehen... Nach unserer Rückkehr vom Fang... Und wen?«

»Oh, sicher doch die Agatha Moudio«, erwiderte mein Vetter. Und die andern brachen in tosendes Gelächter aus, das kein Ende nehmen wollte und mir schließlich auf die Nerven ging.

»Wenn ihr mir nicht sagen wollt, was ihr gehört habt, ist das eure Sache. Ihr braucht mir nicht zu sagen, was ihr nicht sagen wollt. Aber es nimmt noch ein böses Ende, wenn ihr mich in dieser Weise weiter auslacht. Wenn ich mich verheiraten muß, möchte ich wissen, was daran komisch ist, selbst wenn ich von meinen eigenen Angelegenheiten nichts weiß.«

»Das ist ja gerade der Witz, daß du selber keine Ahnung hast und die Geschichte schon in aller Munde ist«, sagten sie.

»Willst du's wissen?« fragte Ekeke. »Dann will ich es dir verkünden. Also hör gut zu: In vier Wochen wirst du die...« Er hüstelte. »Ach, dieser dumme Husten, der mich seit zwei Tagen plagt...« Das war gelogen. Er hustete nicht seit zwei Tagen. Er wollte mich nur auf die Folter spannen. »Also Brüderlein, du wirst ein Mädchen heiraten, ein hübsches, das ist wahr, aber doch noch ein bißchen grün. Unter uns, du hättest wirklich warten können, bis sie etwas erwachsener würde, meinst du nicht?«

Jetzt freilich war mir alles klar. Es handelte sich um Fanny, Tangas Tochter. Aber mein Vetter, der nichts von dem letzten Willen meines Vaters wußte, konnte nicht ahnen, daß dieses Mädchen mir schon bestimmt war, lange bevor ihr Vater die Frau nahm, die es zur Welt brachte. Für Ekeke war die Sache also ganz neu. Auch meine vier andern Gefährten hatten nichts davon gewußt bis zu diesem Morgen, als die Nachricht an unserem Dorfbrunnen – offiziell mitgeteilt wurde. Jetzt versteht ihr auch, wie diese Nachricht auf sie wirken mußte, denn Fanny war ja so klein... Hatte ich nicht genauso reagiert bei meiner Unterredung mit Maa Medi?

Wir sprachen noch lange darüber, während jeder sein Paddel aufgenommen hatte und unser Kanu langsam über das graue, noch immer stille Wasser der Wurimündung glitt. Dann hatte ich den Einfall zu fragen, ob nicht noch anderes zur Sprache gekommen sei an diesem Morgen und im Zusammenhang mit meiner bevorstehenden Heirat.

»Nichts andres«, erwiderte Mbaka der Kleine.

Sie hießen ihn so zum Unterschied vom Häuptling Mbaka, den man Mbaka den Großen nannte oder ganz einfach Mbaka.

»Nichts andres«, erwiderte Mbaka der Kleine. »Aber als mir meine Frau heute früh alles erzählte, wovon eben die Rede war, konnte sie es doch nicht lassen, auf den wunden Punkt der Geschichte hinzuweisen. Du bist mir ein schöner Heimlichtuer, mein guter La Loi. Da sind wir nun Brüder und Kameraden seit Jahren, und du spielst Verstecken mit uns. Wie sollen wir dir da helfen, die richtige Frau zu nehmen, wenn du uns kein Wort sagst? Wenn du uns nicht bittest, du selbst, dir zu helfen?«

Wieder etwas, wovon ich keine Ahnung hatte!

Ich versuchte alles, sie zu überzeugen, daß ich nicht verstünde, auch diesmal nicht, worum es sich handelte. Vergeblich. Sie baten mich zu glauben, daß sie das Geheimnis bewahren mußten über das, was kommen werde, was man tun werde. Denn es handle sich diesmal wirklich um ein Geheimnis, über das nicht einmal am Dorfbrunnen gesprochen worden sei, obwohl dort sonst alle früheren, gegenwärtigen und zukünftigen Begebenheiten an die große Glocke gehängt würden.

»Und ihr wollt mir wirklich nichts darüber sagen?« fragte ich ohne Hoffnung.

»Nein, das kommt gar nicht in Frage, wir sagen dir nicht das geringste«, erwiderten sie. »Aber wenn es soweit ist, werden wir dir helfen, das versprechen wir.«

4

Vier Wochen später kamen wir vom Fischfang zurück, die Piroge reich mit Räucherfischen beladen. Für mich waren es vier unerträgliche Wochen gewesen. Immer wieder hatte ich mich gefragt, was mich wohl bei meiner Heimkehr ins Dorf erwarten mochte. Ich lief gleich zu Maa Medi, kaum daß ich den Fuß aufs Land gesetzt hatte.

»Ich verstehe nicht, was hier vor sich geht«, sagte ich. »Was ist das für ein Plan wegen meiner Heirat? Und warum sagt mir niemand etwas davon? Erklär mir, sag mir alles, denn die andern wollen ›das Geheimnis nicht preisgeben‹ – als ob mich das alles gar nichts anginge...«

»Es ist nichts Schlimmes, mein Sohn. Beruhige dich. Du mußt nur deinen Vätern gehorchen, den Dorfältesten, das weißt du doch. Wenn dein Vater noch lebte, würde er dir dasselbe sagen: man darf ihnen nicht ungehorsam sein. Du brauchst nur nach den Ratschlägen zu handeln, die sie dir geben werden.«

Maa Medi sprach mit einer Ruhe und einer Würde, die ich im allgemeinen nicht an ihr gewohnt war. Wenn ihr sie gehört hättet... Sie redete wie die Weisheit in Person. Und ich wußte immer noch nicht, was mir bevorstand. Endlich gab sie meinem Drängen nach und sagte:

»Ich will dir nicht verheimlichen, mein Sohn, daß ich mir seit neulich große Sorgen um dich mache. Du weißt, was ich meine. Seit dem Tag, an dem dieses verlorene Mädchen hinter dir her war...«

»Aber Maa, ich hatte dich doch schon darüber beruhigt, wenigstens glaubte ich...«

» Ja, ja, ich weiß, du hattest mir Gewißheit verschafft, daß von dieser Seite keine Gefahr drohte. Aber, mein Kind, ich kenne das Leben besser als du. Du bist heute groß und stark und schön und tapfer, ich aber habe dich geboren. Ich weiß, was eine Frau einem Mann antun kann, an dem sie hängt.

Und Agatha hängt an dir, sonst wäre sie nicht von selbst gekommen, um sich bei strömendem Regen mit dir einzuschließen wie neulich.«

Meine Mutter rückte mit ihrer Bank näher heran und sagte leise: »Also, ich bin bei Mbaka gewesen.«

»Dem Häuptling?«

»Beim Häuptling, natürlich. Was soll ich denn bei Mbaka dem Kleinen? Der ist zwar verheiratet, aber davon versteht er auch nicht viel. Wie könnte der mich beraten, der doch mit seiner eigenen Frau nicht fertig wird?«

Ihr erinnert euch vielleicht, daß es Mbaka der Kleine war, der mir verraten hatte, daß wegen meiner Heirat irgend etwas im Gange sei. Nun verstand ich gar nichts mehr, denn wenn es ein Geheimnis war, hätten ja nur die Dorfältesten davon wissen dürfen. Durch welche Hintertür mochte es durchgeschlüpft sein? Aber hört erst Maa Medi:

»Ich habe ihm gesagt, daß du heiraten wolltest. Ich habe ihm meine Bedenken wegen Agatha nicht verhehlt und ihn daran erinnert, daß Tangas Tochter für dich bestimmt wäre. Er war sogleich im Bilde. Er hat nachgedacht und dann die Ältesten zusammengerufen. Sie waren alle da, Mudiki, Bile, Ekoko, Mpondo-les-deux-bouts, König Salomo und sogar Eya. Das waren mit Mbaka sieben Männer. Hörst du, mein Sohn? Die sieben ältesten Männer des Dorfes hatten sich versammelt, um über deinen Fall zu beraten. Darum bitte ich dich noch einmal: Tu, was sie dir sagen werden... Und laß es nicht an Respekt fehlen.«

»Gut, Mutter, ich habe verstanden. Aber was haben sie denn nun über mich beschlossen?«

»Das wirst du heute noch hören. Denn es ist ausgemacht, daß dich der Häuptling Mbaka nach deiner Rückkehr zu sich rufen wird, um alles mit dir zu besprechen. Du weißt, daß es nicht an mir ist, dir zu sagen, was die Männer beschlossen haben. Das ist nicht meine Sache. Und selbst wenn ich es dir sagen wollte, käme ich sehr in Verlegenheit, da ich keine Ahnung habe, zu welchem Schluß sie gekommen sind.«

Mir wurde ein bißchen angst. Ich hatte so gehofft, nach meiner Rückkehr alles durch meine Mutter zu erfahren, daß ich ein wenig erschüttert war zu hören, sie wisse selbst nicht, was über mich beschlossen worden sei.

Zum Glück ließ mich der Häuptling Mbaka nicht lange im ungewissen.

Als ich hinkam, waren schon alle Ältesten um ihn versammelt, Mudiki, Bile, Ekoko, Mpondo-les-deux-bouts, König Salomo und sogar Eya. Mit dem Häuptling waren es sieben Personen – sieben Dorfälteste, die meinen Fall mit mir besprechen wollten. Ich gestehe, daß ihre Miene und ihre Haltung mir einiges Herzklopfen verursachten.

Die sieben schwarzen Gesichter hatten ihre feierlichste Miene aufgesetzt, die im Halbdunkel des Raumes, wo die Versammlung stattfand, noch feierlicher wirkte. Sie ließen mich in ihrer Mitte Platz nehmen. Wie es sich gebührt, ergriff zuerst der Häuptling das Wort:

»Hör, mein Sohn«, sagte er, »zunächst sollst du wissen, daß in dieser Stunde der Geist deines Vaters unter uns ist. Damit ist gesagt, daß wir nichts tun werden, was gegen seinen Willen wäre. Aber selbst wenn er noch am Leben wäre, würde er uns handeln lassen, denn er hatte Vertrauen zu den Ältesten und achtete sie hoch…«

Mbaka machte eine Pause, dann fuhr er fort:

»Wir wollen dich verheiraten. Es ist unsere Pflicht, dich zu verheiraten, wie es von jeher die Pflicht der Gemeinde war, ihre Kinder zu verheiraten. Aber falls du nach dem Vorbild gewisser junger Leute von heute glauben solltest, du könntest deine Heirat zu einem guten Ende führen, ganz allein, dann sind wir bereit, dir freie Hand zu lassen und uns in dieser Hinsicht nicht mehr um dich zu kümmern. Wir wollen jetzt nur das eine von dir wissen: Ob du einverstanden bist, daß die Ältesten die Sache in die Hand nehmen, oder ob du glaubst, daß das eine Sache ist, die nur dich angeht, und daß wir unrecht täten, uns hier einzumischen. Antworte uns ohne Scheu, mein Sohn, mit allem Freimut. Du hast die Freiheit, deinen Weg allein zu gehen.«

Ich begriff. Ich stand am Kreuzweg der alten und der neuen Zeit. Man ließ mir volle Freiheit, zu tun und zu lassen, was ich wollte. Eine sehr theoretische Freiheit allerdings, denn die Ältesten wußten genau, daß ich mich gar nicht über ihren Willen hinwegsetzen konnte, wenn ich nicht zugleich meiner Wege ging und mein Zelt anderswo aufschlug, außerhalb dieses Dorfes, wo sich alles nach jahrhundertealtem Brauch abspielte....Trotz des Einbruchs einer andern Zivilisation, die sich schon bemerkbar gemacht hatte, besonders durch die Errichtung dieses Dorfbrunnens, den ihr kennt. Und wie hätte ich wagen können, diesen ernsten und entschlossenen Männern ins Gesicht zu sagen, daß ich auch ohne sie fertig würde? Und dann war ja auch Eya zugegen, der furchtbare Zauberer, der Mann von Mutter Bösblick. Wenn ich dieser Versammlung erklärte, daß mich ihre Meinung nicht interessiere, unterschrieb ich beinah schon mein Todesurteil. Jeder von uns hatte eine entsetzliche Angst vor Eya, diesem Mann mit Augen so rot wie reifer Nelkenpfeffer, von dem man sagte, er habe schon eine ganze Anzahl von Leuten beiseite geschafft. Und trotz meiner Stärke, die allmählich in die Legende der Ringkämpfer von Duala einging, hatte auch ich Angst vor Eya. Da saß er und schaute mich an mit einer Miene, die gleichgültig und väterlich zugleich sein sollte. Die funkelnden Äuglein in den tiefen Augenhöhlen paßten gut zu den eingefallenen Wangen. Er mußte nicht viel gegessen haben in seiner Jugend. Da saß er vor mir, ein wahres Abbild des Todes, in riesigem Lendenschurz und verschlissenem Popelinehemd. Ich wagte nicht ihm in die Augen zu sehen. Ich dachte, daß von all diesen Männern um mich herum einzig König Salomo mir ein gewisses Vertrauen einflößte. Er wenigstens war ein ehrlicher Mann. Wenn er nicht gerade darauf ausging, selbsterfundene Geschichten zum besten zu geben, was er übrigens ausgezeichnet verstand, davon also abgesehen, sagte er immer seine wahre Meinung, mit Weisheiten gewürzt, die seinem berühmten Namen Ehre machten. Übrigens hatte ihn unser Dorf eben wegen dieser Weisheit zum

König ernannt, obwohl Salomo sein Leben lang nur sein Maurerhandwerk ausgeübt hatte. Ich blickte ihn an, als wolle ich ihn um Rat bitten. Er schüttelte bejahend den Kopf so leicht, daß es die andern nicht merkten, aber deutlich genug, daß ich ihn verstand. Ja, König Salomo war mit den andern einer Meinung, und ich mußte mich seinem Rat, dem Rat aller beugen.

»Häuptling Mbaka und ihr Väter alle«, sagte ich, »ich kann euch nicht ungehorsam sein. Ich bin ein Kind dieses Dorfes und werde mich den alten Bräuchen fügen bis zum letzten. Ich überlasse es daher eurer Erfahrung und eurer Weisheit, mich im Leben zu leiten bis zu dem fernen Tage, an dem ich selbst dazu berufen werde, andere junge Menschen bei uns zu leiten.«

Jeder bezeugte seine Genugtuung auf seine Weise, der eine hustete, der andere lächelte, ein dritter nahm eine Prise Schnupftabak.

»Gut, mein Sohn«, sagte Häuptling Mbaka. »Das ist die Antwort, die wir von unserem würdigsten Sohn erwartet haben, und wir danken dir für das Vertrauen, das du uns aus freiem Willen entgegenbringst. Nun sollst du alles hören. Morgen werden wir an Tangas ›Tür klopfen‹ und um seine Tochter... Geist, der du uns siehst und hörst, verstehst du, was ich sage? Ich wiederhole, daß wir morgen an Tangas Tür klopfen werden, um ihn um die Hand seiner Tochter Fanny für unsern Sohn La Loi zu bitten, wie du es angeordnet hast, ehe du uns verließest. Wenn du mit uns nicht einverstanden bist, zeig es auf irgendeine Art, und wir werden unsere Pläne sofort ändern...«

So sprach er zum Geist meines Vaters, der in diesem Zimmer gegenwärtig war, und wir warteten mehrere Sekunden auf eine etwaige Willensäußerung. Sie kam nicht. Nichts rührte sich im Haus, weder der Türflügel noch das einzige Fenster, dessen Licht durch eine kleine rechteckige Matte aus Palmfasern gedämpft war. Wir hörten auch nichts, nicht einmal Schritte auf dem frischgestampften Boden. Nichts! Mein Vater ließ uns alle Freiheit.

Nun erklärten mir die Ältesten der Reihe nach, was geschehen sollte. Die Besprechung dauerte gute drei Stunden, in denen ich sorgsam ausgearbeitete Instruktionen über das weitere Vorgehen erhielt und eine Menge guter Ratschläge, die ich gar nicht alle im Kopf behalten konnte. Als ich ging, wußte ich, daß ich mich bald verheiraten würde, aber nicht sofort, wie mein Vetter Ekeke behauptet hatte… Sicher wollte er mir nur einen kleinen Schrecken einjagen. Ich ging wieder zum Ufer hinunter, wo meine Kameraden zurückgeblieben waren, um einen Teil des Fangs zu verkaufen. Der größere Teil war für den Markt von Duala bestimmt, wo wir am nächsten Tag hingehen würden. Erst beim Einbruch der Nacht kamen wir zum Dorf zurück. Ich aß bei Maa Medi zu Abend, und als ich fertig war, sagte ich ihr schnell gute Nacht. Aber statt mich schlafen zu legen, wartete ich eine Weile und ging dann, sie zu sehen – Agatha Moudio.

Nur die Nacht erlaubte es mir, sie zu besuchen. Als ich in ihrem Dorf ankam, blieb ich in einiger Entfernung von ihrem Hause stehen und pfiff zweimal eine Melodie, die wir ausgemacht hatten und die uns immer als Erkennungszeichen diente, wenn eins von uns das andere im Schutze der Nacht besuchen wollte. Ich brauchte nur ein paar Minuten zu warten, bis Agatha aus irgendeiner Tür herauskam und auf mich zuging… Nur das Dunkel der Nacht erlaubte uns solches Zusammentreffen.

Am folgenden Tag begaben sich die Dorfältesten zu Tanga, um an seine »Tür zu klopfen«. Das Unternehmen besteht in einem Höflichkeitsbesuch, bei dem man eine Flasche Brandy, »echten Brandy«, mitzubringen hat, worunter Whisky oder Kognak zu verstehen ist, zur Not auch Rum, obgleich dieser in den zwei tonangebenden Dörfern durchaus als zweitrangig angesehen wird. Man klopft an, tritt ein und redet mit dem Hausherrn über alle möglichen Dinge – die Jahreszeit läßt sich gut an, bald kommt die Regenzeit, die Frauen gehen ihrer Feldarbeit nach trotz der dörrenden

Hitze, die Kinder sind brav... Man redet von Gott und der Welt, um erst am Ende, wenn alle Gesprächsstoffe erschöpft sind, wie zufällig zum Hauptthema zu kommen.

»Hm«, sagte diesmal König Salomo, während er sich ein Gläschen Whisky eingoß, »was ich sagen wollte, Tanga, erinnerst du dich an die letzten Worte deines Freundes Edimo?«

»Edimo? Du meinst den verstorbenen Edimo, Mbendas Vater?«

»Freilich, freilich, eben den. Du hast doch keinen andern Freund mit Namen Edimo, soviel ich weiß?«

»Nein, du hast recht«, sagte Tanga.

Und er trank einen Schluck. Dieser Alkohol wird unverdünnt getrunken und sorgt schnell für gute Laune. Als daher Tanga das Wort nahm, um seines Freundes, meines Vaters, zu gedenken, der vor seinen Augen gestorben war, ließ er sich vor allem die abenteuerlichsten Augenblicke ihres gemeinsamen Fischerlebens einfallen.

»Wenn ich nicht mehr an Edimo dächte, wer sollte denn sonst noch von ihm sprechen? Wir haben zusammen alle Fischerdörfer an der Wurimündung besucht, und da fragst du, ob ich noch an ihn denke? Wart, ich will dir erzählen...«

»Ich weiß, du hast ihn sicher nicht vergessen«, sagte König Salomo. »Aber was ich fragen wollte – erinnerst du dich noch, was er zuletzt gesagt hat, ehe er die Augen für immer schloß? Weißt du das noch?«

»Was? Wegen seines Sohnes? Aber natürlich weiß ich das noch. Er hat mich gebeten, seinem Sohn meine erste Tochter zur Frau zu geben... Was denkt ihr euch denn? Etwa, daß ich nicht bereit bin, sein Andenken in Ehren zu halten? Ihr kennt Fanny?«

»Genau gesagt, wir wissen, daß sie vorhanden ist und daß sie deine älteste Tochter ist. Aber wir kennen sie nicht... Wir haben sie noch nie gesehen. Nun, zeig sie uns!«

König Salomo war von den andern Ältesten ausersehen worden, das Gespräch mit Tanga zu führen und diese Sache zu einem guten Ende zu bringen.

Tanga nahm sich gar nicht erst die Zeit zu einer Antwort. Er stand sofort auf, ging zur Tür und rief in den Hof:

»Fanny! Fanny! He, Fanny!«

»Papaaa?« antwortete von weither eine Stimme.

»Komm, Fanny, sag deinen Vätern guten Tag, sie sind hier!«

Und das kleine Mädchen kam schüchtern herein, um diese munteren Alten zu begrüßen, deren blitzende Augen allerdings vornehmlich dem schottischen Whisky zuzuschreiben waren.

»Oh, Tanga, wir haben zwar gehört, daß du eine kleine Tochter hast, aber ich habe eher den Eindruck, daß sie schon eine kleine Frau ist«, sagte König Salomo bewundernd. Nun war Fanny tatsächlich sehr frühreif und wirkte eher wie ein erwachsenes Mädchen als wie ein dreizehnjähriges Kind.

Als sie jeden einzeln begrüßt hatte, schickte sie ihr Vater wieder hinaus.

Sie wandte sich zum Gehen. Als sie schon auf der Schwelle stand, sehr erfreut, wieder an die frische Luft zu kommen, rief sie der Vater zurück.

»Fanny«, sagte er, »geh gleich einmal zu Onkel Njiba und sag ihm, ich müsse ihn sofort sprechen.«

Onkel Njiba erschien beinahe sofort. Er fand die Whiskyflasche halb leer, nichtsdestoweniger drückte er seine Freude darüber aus, daß noch etwas drin war.

»Sei mir gegrüßt, edle Flasche, die du zu Schiff aus der Fremde hierhergereist bist. Zwar haben meine Augen dein Land nie gesehen, aber meine Zunge kennt den köstlichen Geschmack des Wassers, das du enthältst. Sei gesegnet, du prächtiges Fabrikat der Weißen!« Aber dann polterte er: »Wie, Tanga, du hast so ein Dings da im Haus und läßt mich erst holen, wenn alles schon vorbei ist?«

»Njiba«, rief Tanga, »du solltest erst einmal den andern Gästen des Hauses guten Tag sagen, statt dich gleich in alkoholische Proteste zu stürzen! Was sollen sie von dir denken?«

»Meine Brüder«, sagte Njiba, dessen Augen sich inzwischen an die kuriose Beleuchtung des Zimmers gewöhnt hatten, »meine Brüder, seid mir nicht böse, daß ich euch nicht schon in der Tür guten Tag gesagt habe. Aber als ich diese Flasche auf dem Tisch erblickte, war ich derart fasziniert, daß ich für alles andere keine Augen mehr hatte, nur für sie. Verzeiht mir, meine Brüder, verzeiht mir. Möge der Allmächtige euch schützen und euch glücklich machen unter dem Dach meines Bruders vom gleichen Vater und gleicher Mutter.«

Auch die andern zeigten sich höflich. Darauf setzte Tanga seinem Bruder in aller Eile auseinander, was diese Männer hergeführt hatte. Freilich hätte Njiba nur mit halbem Ohr hingehört, wenn Tanga nicht zuvor ein volles Whiskyglas vor ihn hingestellt hätte.

»Bruder Njiba, wenn ich trinke, mußt du auch trinken, denn ich bin du und du bist ich, und was mir gehört, gehört auch dir, und was dir gehört, gehört auch mir. Trink!«

Njiba nahm einen großen Schluck, dann füllte er, ohne das Glas abzusetzen, noch seine Backen mit Whisky und spülte sich andächtig den Mund, kaute die Flüssigkeit einen Augenblick und schluckte sie endlich hinunter.

»Ha!« rief er. »Glaubt mir, es gibt nichts Besseres gegen das Rheuma, diese ›Schlange der Nacht‹, die einen nicht in Ruhe läßt, sobald sich das Alter in unser Leben einmischt.«

Er betrachtete den Rest in seinem Glas, hielt es seinem Bruder hin, um es nachfüllen zu lassen, bekam auch noch etwas und stellte es vor sich auf den Tisch. Dabei jammerte er:

»Ich hab' dir schon ein paarmal gesagt, du solltest dir ordentliche Gläser kaufen. Du bringst uns um mit diesen Vogelnäpfchen. Das sind ja Gläser wie aus der Puppenstube ... Du läßt uns verdursten, Tanga! Verdursten!«

»Es ist wahr«, sagte Mudiki, »es ist wahr, die Franzosen verstehen nichts von diesen Dingen. Zur Zeit der Deutschen hatten wir Gläser, richtige Gläser, wie es sich gehört... Ach, ich darf gar nicht daran denken, es ist zu schön, was mir da alles einfällt. Ich kann es euch gar nicht beschreiben. Diese Gläser, Biergläser – so groß! Vater hatte von allen Sorten zur Zeit der Deutschen. Ich weiß gar nicht, warum diese Leute wieder fortgegangen sind. Vielleicht liebten sie unser Land nicht so sehr.«

»Ich glaube auch, daß sie unser Land nicht liebten«, sagte Bile, »obwohl sie uns hier vorlügen, sie hätten gehen müssen, weil sie den Krieg verloren hatten.«

»Den Krieg verloren? Wie hätten denn die Deutschen den Krieg verlieren sollen? Wer in aller Welt hätte sie denn dazu bringen können? Etwa diese Hasenfüße, die wir jetzt hier haben? Das glaubt ihr doch selber nicht.«

Aber unsere Leute sind so. Bei ihnen ist die Sehnsucht nach der deutschen Zeit so groß, daß sie keine Gelegenheit versäumen, die Gegenwart mit der Vergangenheit zu vergleichen, natürlich immer zugunsten der Vergangenheit. Aber heute ging es nicht darum. Diese Männer, die in einem afrikanischen Haus versammelt waren, schottischen Whisky aus französischen Gläsern tranken und an das große Deutschland von früher zurückdachten, diese Männer hatten es sich zur Pflicht gemacht, meine Zukunft als Ehemann in großen Zügen festzulegen.

»Du trinkst drauflos, Bruder Njiba«, sagte Tanga plötzlich, »du trinkst drauflos, und es kümmert dich nicht, wieso du dazu kommst...«

»Das wollte ich ja gerade fragen; du bist mir einfach zuvorgekommen. Also sprich, was kostet mich das Vergnügen, diesen ausgezeichneten Alkohol der Weißen zu trinken?«

»Gar nichts. Du brauchst keinen Centime dafür herauszurücken. Selbst wenn du steinreich wärst. Sie haben mir eben eine Frage vorgelegt, die du beantworten sollst. Paß auf! Sie haben mich gefragt, ob ich mich an die letzten Worte meines Freundes Edimo erinnere, Fanny betreffend, die, du weißt es gut, damals noch nicht geboren war... Und was erwiderst du darauf?«

Njiba nahm erst noch einen Schluck, räusperte sich und wartete ein Weilchen, ehe er antwortete.

»Was ich dazu meine, Bruder? Was ich darauf zu erwidern habe? Du springst ja schön mit uns um, muß ich schon sagen! Da kommen heute morgen ein paar Männer zu dir ins Haus, geben dir ein bißchen Whisky zu trinken, und schon willst du ihnen deine Tochter in den Schoß werfen ... Und du drehst es so hin, daß ich ja dazu sagen muß, damit morgen ›die andern‹ im Dorf herumerzählen können, ich hätte Fanny hergegeben, ohne es sie vorher wissen zu lassen ... Und du erbittest meine Antwort?«

Die Leute sahen einander an. Bile nahm noch eine Prise und nieste dreimal. Es war noch Whisky in den Gläsern; jeder holte sich daraus die nötige Kraft für den Fortgang der Verhandlung. Übrigens hatten die Dinge durchaus keine unerwartete Wendung genommen. Sie hätten sich geradezu gewundert, wenn Tanga oder sein Bruder Njiba die Besucher mit der Gewißheit entlassen hätten, Fanny sei ihnen nun offiziell zugesprochen. Njibas Antwort hatte ihnen keinen besonderen Grund zur Beunruhigung gegeben. Das ging auch deutlich aus Tangas Worten hervor, der hinzufügte:

»Ihr versteht doch, was mein Bruder Njiba sagen will. Ihr habt an meine Tür geklopft. Jetzt muß ich ›die andern‹ von eurem Besuch in Kenntnis setzen. Sie allein haben über euer Ansuchen zu entscheiden. Ich selbst kann euch nichts weiter sagen, solange ich sie nicht befragt habe. Mir fällt es nur zu, euch über das, was ich von ihnen höre, auf dem laufenden zu halten. Das heißt«, fügte er nach kurzem Zögern hinzu, »das heißt, wenn ihr ihnen irgend etwas zu schicken habt, damit ich nicht mit leeren Händen vor sie trete, würde das meine Aufgabe sehr erleichtern.«

Natürlich hatten unsere Leute das alles vorausgesehen. König Salomo öffnete eine Tasche, die er gleich bei Beginn des Besuches neben sich gelegt hatte, und zog eine zweite Flasche schottischen Whisky heraus, von der berühmten Marke Johnny Walker.

»Der Mann, der darüber marschiert«, sagte König Salomo und zeigte auf das Etikett der viereckigen Flasche, »dieser Weiße, der da vorbeimarschiert, braucht nur in unserem Namen zu deinen Leuten zu sprechen. Möge er die rechten Worte finden. Nachher ist es an dir zu sagen, wie und wann wir unsere Frau abholen können.«

Die Worte des Königs wurden sehr belacht, dann leerten sie die Flasche und die Gläser und trennten sich.

Als ich am Abend vom Markt zurückkam, wo ich mit meinen Kameraden Fische verkauft hatte, ging ich gleich zu König Salomo, um zu hören, was sie bei Tanga erreicht hatten.

»Mein Sohn«, sagte er, »es geht alles, wie es sein soll. Du kannst nicht erwarten, daß deine Frau schon morgen bei dir antritt, aber ich kann dir versichern, daß es nur noch eine Frage der Zeit ist. Die Zeit wird die Dinge tun, wie sie getan werden müssen.«

Ich ging beruhigt davon und bat die Zeit, sich Zeit zu lassen. Soweit es sich um Fanny handelte, hatte ich es durchaus nicht eilig, ja, im stillen hoffte ich immer noch, daß meine Mutter ihre Meinung über Agatha Moudio ändern würde und daß schließlich sie es sein würde, die ich als erste heiratete, bevor ich mich der unvermeidlichen Ehe mit Tangas Tochter stellte. Zudem ließ mir der Besuch bei Tanga, so wie ihn mir König Salomo geschildert hatte, die freilich sehr geringe Hoffnung, Fannys Eltern könnten sich dieser Ehe widersetzen. Schließlich zwang sie ja nichts dazu; der letzte Wille eines Mannes, der nicht aus dem Dorf war, konnte schwerlich für das ganze Gemeinwesen verpflichtend sein. Herrgott, dachte ich, wenn sie doch bloß auf die gute Idee kämen, nein zu sagen oder die Dinge dermaßen zu komplizieren, daß wir von selbst verzichteten...

Ich ging zu Maa Medi zum Abendessen und erzählte ihr haarklein, wie unser Tag auf dem großen Markt in der Stadt verlaufen war. Ich zählte ihr das ganze Geld vor, das ich eingenommen hatte.

»Das hier ist für dich«, sagte ich, indem ich ihr einen Teil davon gab. »Den Rest heb mir bitte gut auf.«

Meine Mutter war der beste Bankier der Welt, und es schmeichelte ihr sehr, daß ich ihr in dieser Weise mein Vertrauen bezeugte. Heutzutage sagen sich ja so viele Kinder von ihrer Mutter los, kaum daß sie sich ihr Brot selbst verdienen... Ich nahm mir noch etwas Taschengeld mit, und nach dem Essen machte ich es wie tags zuvor und traf mich mit Agatha Moudio. Ich schenkte ihr ein hübsches Kleid und einen bunten Schal, beides auf dem Markt für sie gekauft, nachdem ich mich mit den Kameraden in die Einnahme geteilt hatte. Agatha schwärmte für hübsche Kleider, das wußte ich. Es gibt Leute, die jedesmal lächeln, wenn ich ihnen erzähle, daß ich ein Kleid für Agatha gekauft habe.

»Wie hast du's mit der Anprobe gemacht?« hieß es jedesmal. Nun, man probierte es gar nicht an, sondern erklärte dem jungen Mädchen einfach:

»Wenn es dir zu lang ist, machst du es kürzer, und wenn es zu weit ist, brauchst du es bloß um die Taille etwas enger zu machen.«

Agatha war selig, und ich war ganz beglückt über ihre Freude.

Einige Tage später schickte Tanga, Fannys Vater, einen Boten zum Häuptling Mbaka und ließ ihm sagen, daß er gern mit einigen unserer Leute sprechen möchte. Am folgenden Tage gingen König Salomo und Bile nach Deido.

»Seht ihr«, begann Tanga, »mir scheint, daß neulich das Glück mit euch gewesen ist. Der Weiße, der so vergnügt über die eckige Flasche läuft, ist gut für euch gelaufen. Meine Leute würden sich gern einmal mit euch treffen, sobald es euch recht ist, um ernsthaft über diese Geschichte zu reden, auch über die Einzelheiten. Und sie haben mich beauftragt, euch das zu sagen.«

Der König dankte Tanga für die gute Nachricht. Wenn man bei so einer Sache Pate steht, möchte man doch gern sehen, wie die Dinge weitergehen, und vor allem, daß sie gut weitergehen.

Es wurde sogleich ein Tag ausgemacht, an dem, wie ich annahm, Fannys Ehe vertraglich festgelegt werden sollte.

Vier Wochen später war der verabredete Tag gekommen.

Sie trafen sich bei Njiba, der Fannys Pate war wie König Salomo meiner. Es gab ein großes Festmahl mit Weinen aller Art, vom grauweißen Palmwein in braunen Kalebassen bis zu europäischem Rotwein, der in Korbflaschen herübergereist war. Gut essen und trinken hindert niemand am Reden, und so redeten sie und redeten. Es fielen derbe Worte jeden Formats, vom harmlosen Spaß, über den nur sein Urheber lachte, bis zur kaum verhüllten Beleidigung, die manchmal ernste Zweifel am guten Ausgang der Verhandlungen heraufbeschwor.

»Unsere Tochter«, sagte Njiba, »unsere Tochter ist nicht verkäuflich. Wenn ihr sie haben wollt, werden wir sie euch ganz einfach schenken. Ich sage schenken, und ich weiß, was ich sage ... Bruder, schenk mir noch von dem Wein ein, den die Weißen für uns fabrizieren, schenk nur ein, denn ich habe unsern Besuchern etwas zu sagen ...«

Man schenkte ihm ein. Er stand auf und setzte das Glas an die Lippen:

»Ja«, fuhr er fort, »ich sage, wir wollen euch unsere Tochter schenken. Unterschätzt meine Worte nicht, ich bin ihr Onkel, also ihr Vater, und es kommt mir zu, mit euch zu reden von Anfang bis zu Ende. Laßt mich noch einen Schluck trinken ... Ich wiederhole, ihr dürft das nicht geringschätzen, was ich sage. Ihr sollt unsere Tochter auch nur haben, wenn ihr mein Angebot annehmt. Ihr habt die Wahl. Aber ich weiß, daß ihr zugreifen werdet, denn es handelt sich um eine ganz ungewöhnliche Heirat. Überlegt doch, euer Sohn war mit unserer Tochter verlobt schon vor ihrer Geburt. Nehmt sie, gebt uns nichts. So, ich habe gesprochen. Ich bin am Ende. Wenn ihr etwas zu sagen habt, ich höre euch zu.«

Njiba setzte sich wieder hin und leerte sein Glas, ohne sich ein Wort der Tischgespräche entgehen zu lassen. Jetzt nahm König Salomo das Wort.

»Bruder«, sagte er, »wir danken dir für dein hochherziges Angebot. Du bist ein guter Mensch, und es ist uns besonders lieb zu hören, daß die Frau unseres Sohnes aus einer Familie von so großmütiger Gesinnung kommt. Du wünschst nicht, daß wir irgend etwas zahlen? Dafür möchten wir dir da…«

»Ich habe euch gesagt, daß wir unsere Tochter nicht verkaufen wie eine Ziege«, unterbrach ihn Njiba. »Das ist bei uns nicht Sitte. Wenn ihr eurem Sohn eine Frau kaufen wollt, seid ihr hier am falschen Ort. Wir wollen keinen Centime von euch, und wenn ihr so reich wäret, daß ihr nicht wüßtet, was ihr mit all eurem Geld anfangen sollt.«

»Wir danken dir«, fuhr der König fort. »Wir danken euch um so mehr, da wir weit entfernt sind, uns für reich zu halten. Zudem stehen auch wir nicht mehr auf der primitiven Stufe des Frauenkaufs. Es steht demnach alles zum besten. Stimmt es nicht, meine Brüder, daß alles sich wunderbar fügt?«

»Du hast recht«, erwiderten unsere Leute, »du hast recht, alles fügt sich gut, zumal wir kein Geld haben, die Frau unseres Sohnes zu kaufen noch sonst eine Frau.«

Das stimmte nicht ganz. Sie hatten sehr wohl einiges Geld für derartige Geschäfte. Aber die Sache ist die: Wir hatten uns schon lange abgewöhnt, dabei von Frauenkauf oder -verkauf zu reden und sprachen sogar, wenn eine Geldsumme für eine Frau gegeben wurde, von einem symbolischen Wert. Nein, wir waren nicht das, was die Europäer bisweilen zivilisierte Schwarze nennen mit einem Unterton von Überheblichkeit, der sagen soll, daß das von der Welt begonnene zivilisatorische Werk unter ihnen Früchte zu tragen beginnt – wir waren einfach praktische Leute. Wir hielten es für eine Notwendigkeit, die Eltern zu entschädigen, denen man die Tochter nahm, ihnen eine Art Ausgleich zu bieten für die Arbeitskraft, die sie verloren, wenn man ihnen die Tochter entführte. Das war es, was König Salomo denen von Deido sogleich auseinandersetzte.

In Wirklichkeit hatte uns der Beschluß unserer Gastgeber einigermaßen überrascht. Sie, die so aufs Geld versessen waren, daß ihre Habgier überall in berühmten Liedern besungen wurde – sie zeigten sich uns gegenüber auf einmal so nobel. Das kam uns verdächtig vor. Aber König Salomo war ein guter Diplomat. Er ging nicht weiter auf diesen sonderbaren, zumindest unerwarteten Umstand ein. Er spann einfach seinen Gedankenfaden fort, um Njiba zu antworten, der ihm mit weinseligen Augen zuhörte.

»Ich sage also, es hat sich alles wunderbar gefügt. Indessen, wir lieben es, alles was wir machen, gut zu machen, und wir lieben es, jedermann zufrieden zu sehen, wenn wir etwas getan haben. Versteht mich recht, wir wollen Fanny gewiß nicht kaufen, aber sag mir doch bitte, Bruder Njiba, auf welche Weise wir ihre Eltern überzeugen können, daß sie keinen Schaden leiden werden, wenn sie uns Fanny endgültig überlassen. Das scheint mir recht und billig.«

Njiba forderte einen der Seinen auf, die Beantwortung zu übernehmen.

»Tobo«, sagte er, »Tobo, willst du etwas erwidern auf die Worte Salomos? Ich persönlich habe das bestimmte Gefühl, daß er meine Worte nicht recht versteht. Also sprich!«

»Salomo«, sagte Tobo, indem er aufstand und mit einer Hand seinen Lendenschurz festhielt, der ihm beinahe heruntergerutscht wäre, »Salomo, du weißt, daß ich dir nichts Neues zu sagen habe. Du kennst mich seit Kindesbeinen. Bin ich ein Lügner? Sage mir, ob ich lüge.«

»Du lügst nicht, Tobo, du lügst nicht«, versetzte Salomo.

»Nun also«, fuhr Tobo fort, »ich habe dir nichts Neues zu sagen. Aber ich muß dir sagen, daß die Leute dieses Stammes sich in dem, was wir hier unter heiraten verstehen, in einer Weise auskennen, wie du es dir gar nicht vorstellen kannst. Weißt du, daß wir in diesem Dorf mit unsern Jungen und Mädchen alljährlich mehrere Hochzeiten feiern? Nein, nein, ich sage das nicht, um dich zu erschrecken, sondern nur, um dir klarzumachen, daß Fanny nicht die erste ist, die uns verläßt, um anderswo zu leben – ihre Heirat wird auch nicht die letzte sein, die wir auszurichten haben, bestimmt nicht. Wenn dir also mein Bruder Njiba sagt, ihr sollt die Frau haben, ohne etwas dafür geben zu müssen, so darf dich das nicht wundern. Du kannst die Frau ganz einfach mitnehmen. Was du dann weiter tun willst, ist ganz dir überlassen. Wenn du ganze Tonnen Goldes auf das Haupt Tangas und seiner Frau regnen lassen willst, ist das allein deine Sache. Was uns angeht, wir verlangen nichts von dir, nicht einmal etwas zu trinken.«

»Ich wiederhole meine Danksagung von vorhin«, sagte König Salomo. »Hab Dank, daß du uns so große Ausgaben ersparen willst. Aber du mußt wissen, mein Bruder, daß wir in unserem Dorf, auch wir, nicht zum ersten Mal eine Heirat haben. Nun haben wir bisher niemals eine Frau umsonst übernommen. Niemals«, wiederholte der König. »Und wenn einer unter uns ist, der sich eines Vorgangs wie des heutigen entsinnt, soll er uns sagen, wo, wann und wie wir jemals eine Frau genommen haben, ohne den Beutel aufzutun...«

»Niemals«, erwiderte Mbaka, der Häuptling, der würdevoll in einem Sessel thronte. »Niemals«, wiederholte er mit Nachdruck, »und wir denken nicht daran, ein solches Angebot anzunehmen.«

Was der Häuptling Mbaka sagte, entsprach seiner Meinung um so mehr, je verdächtiger ihm Njibas von Tobo unterstützter Vorschlag erschien.

»Gut«, sagte Njiba darauf, indem er sich erhob. »Gut, dann wollen wir uns eurem Wunsche fügen. Schließlich habt ihr euch die Mühe gemacht, hierherzukommen, wir haben nicht das Recht, euch zu enttäuschen. Da ihr also darauf besteht, etwas für Fanny zu geben, werdet ihr gewiß glücklich sein zu hören, daß die Mutter unserer Tochter sich eine große Kiste mit Kleidern, Schals und Schuhwerk wünscht, auch wohlriechende Parfüms; daß ihr Vater gern einen großen neuen Lendenschurz hätte, dazu ein weißes

Popelinehemd und einen Zylinder; und schließlich, daß die Leute in unserem Dorf sich leichter über den Weggang ihrer Tochter trösten würden, wenn ihr ihnen zum Beispiel etwas Kochsalz für die Frauen brächtet und etwas Tabak für die Männer.«

»Schön«, sagte König Salomo befriedigt, »jetzt beginnt die Sache einer Heirat nach Duala-Sitte ähnlich zu sehen. Warum sollen wir nicht ganz offen reden? Wir haben doch unter uns keine langen Umwege nötig, um einander zu sagen, was wir meinen. Also das wären die Geschenke. Und wie ist das nun mit dem Bargeld?«

»Nichts«, sagte Njiba. »Ich sage dir ja, wir wollen unsere Tochter für nichts hergeben...«

»Sei doch vernünftig, Bruder«, sagte der König. »Wir wollen etwas bezahlen, irgend etwas, aber...«

»Also wenn du durchaus willst, brauchst du uns bloß eine Fünfhundert-Francs-Note zu geben.«

Der König stieß einen Seufzer der Erleichterung aus. Jetzt erst kam uns alles normal vor, denn die Fünfhundert-Francs-Note, die zu der Zeit noch einen gewissen Wert darstellte, war die bei uns übliche Gabe.* Jetzt lag es klar zutage, daß die von Deido ein großes Palaver um nichts gemacht hatten und daß die Zurschaustellung ihres Edelmuts nichts war als ein verschleierter Versuch, aus uns noch mehr Geld und »Geschenke« herauszuholen, als man in einem solchen Fall zu fordern pflegte. Im Grund haben sie schon immer diese unanständige, ausbeuterische Gesinnung gezeigt, und ich bin fast sicher, hätte nicht mein Vater einen der Ihren zum Freunde gehabt, so wäre es uns gar nicht eingefallen, sie um Fannys Hand für mich oder sonst einen

* Der Vorgang hat eine verblüffende Parallele in der Geschichte des mittelalterlichen Brauchtums: Von der vorchristlichen Sitte des Brautkaufs war schließlich nur noch der Übergang der vormundschaftlichen Rechte vom Brautvater auf den Ehemann übrig geblieben, der dafür den »Mahlschatz« erlegte. Dieser wiederum wurde später als freiwillige Gabe gedeutet, ehe er von der Mitgift, sozusagen seinem Gegenteil, abgelöst wurde. (Anm. d. Üb.)

Heiratslustigen unseres Gemeinwesens zu bitten. Aber ihr wißt ja, meine Heirat war schon lange vorher in einem Augenblick von höchster Feierlichkeit ausgemacht worden, und wir hatten die Pflicht, alles zu tun, um den letzten Willen meines Vaters zu erfüllen. Tanga und seine Leute wiederum wußten, daß wir hierfür alles tun würden, und sie taten alles, es uns so teuer wie möglich zu machen trotz der verheißungsvollen Reden, mit denen sie uns zu Anfang der Verhandlungen den Mund wäßrig gemacht hatten.

Hört nur:

»Also, wenn du willst, gib uns einen Fünfhunderter«, sagte Njiba.

Er sprach mit unbeteiligter Miene, als sei es ihm tatsächlich egal, ob er die geforderte Summe erhielt oder nicht. König Salomo wollte eben etwas sagen, als ein anderer aus Njibas Lager das Wort ergriff:

»Meine Brüder Tanga, Njiba und Tobo, ihr habt nicht das Recht, uns in dieser Weise zu behandeln. Ihr holt uns zu einer so bedeutsamen Versammlung und erklärt uns nur zur Hälfte, was hier vor sich geht... Ihr redet von der Brautgabe und allem Möglichen und Unmöglichen, so daß ich überhaupt nichts mehr verstehe: Kleider für die Mutter, Salz für die Frauen, Tabak, Geld... Darf ich daraus entnehmen, daß die Verlobung bereits festgelegt ist und daß es heute nur noch um Fannys Heirat geht? Wenn ja, dann möchte ich wissen, wann die Verlobung stattgefunden hat, denn ich kann mich nicht erinnern, je davon gehört zu haben... Wenigstens nicht von einer Verlobung mit Edimos Sohn.«

Offensichtlich war der Mann noch nicht zufrieden. Aber gehörte das nicht einfach zu der sorgfältig vorbereiteten Inszenierung, durch die man die Brautgabe möglichst teuer machen wollte?

»Darauf wollte ich gerade kommen«, sagte Njiba. »Ja, Salomo, das ist ein Punkt, den zu erwähnen wir vollkommen vergessen haben, als du uns neulich besuchtest. Ich werde es dir erklären; du mußt das verstehen. Du weißt, daß Edimo an der Schwelle des Todes Tanga gebeten hatte, seine erste Tochter seinem Sohn Mbenda zu geben, der da drüben sitzt. Als nun die dritte Frau lange nach Edimos Tod eine Tochter gebar, ist niemand bei uns erschienen, um uns daran zu erinnern, daß Fanny für euch auf die Welt gekommen ist, auch in den folgenden Jahren ist niemand gekommen. Ihr könnt euch denken, daß es ihr inzwischen nicht an Freiern gefehlt hat... Aber seht, das ist allein eure Schuld, weil ihr euch nie darüber erklärt habt. Wir haben immer auf euch gewartet, wir konnten ja nicht gut hingehen und euch damit in den Ohren liegen, denn falls ihr uns erklärt hättet, daß ihr auf unsere Tochter keinen Wert legt, hätten wir die Schande gehabt. Als ihr gottlob vor einiger Zeit endlich gesprochen habt, war es noch nicht zu spät. Fannys letzter Bewerber ist ein junger Mann aus Bonapriso namens Manfred Essombe. Er ist Verkäufer bei der Compagnie Soudanaise, das heißt, er hat eine gute Stellung. Doch wohlverstanden, wir würden euren Sohn ohne Frage vorziehen im Hinblick auf den außergewöhnlichen Schritt, den ihr bei uns getan habt.«

Wieder etwas Neues! Fanny war also schon verlobt? Ich dachte, wenn ich das nur schon früher gewußt hätte, wäre es eine gute Waffe gegen Maa Medis scheinbar unumstößliche Argumente gewesen. Nun erfuhr ich die Wahrheit erst jetzt, wo ich nicht mehr zurück konnte. Doch hören wir erst weiter auf Njibas Offenbarungen. Vielleicht ist noch nicht alle Hoffnung verloren, Fanny loszuwerden.

Der Mann nahm einen mächtigen Schluck Palmwein, es war ihm eine Kleinigkeit, mal von der einen, dann von der andern Weinsorte zu trinken, und es schien ihm ausgezeichnet zu bekommen.

»Ihr seht also«, fuhr er fort, »was wir unter diesen Umständen zu tun haben werden, wenn ihr an eurem Wunsch festhaltet... Wir werden diese Verlobung mit dem jungen Mann von Bonapriso lösen müssen, der sie liebt, der sie in einem Grade liebt...«

»Ja, das ist peinlich«, unterbrach ihn Bile, einer von unsern Männern. »Das ist peinlich, das verstehen wir sehr gut.

Aber für uns geht es darum, zu tun, worum uns ein Mann gebeten hat, der uns teuer war. Und alle Anwesenden wissen, daß der Sohn Edimos, den wir eurer Tochter zum Manne geben wollen, der stärkste Ringer von Duala ist. Wir schlagen euch nicht irgend etwas vor, keinen Irgendwer, seht ihn euch nur an! La Loi, steh auf, daß sie dich richtig sehen können.«

Ich stand auf und streckte kühn die Brust heraus.

»Das ist er«, sagte Bile, »das ist Fannys Mann. Sag, Njiba, hast du deiner Tochter etwas Besseres anzubieten?«

Ich hatte den erwarteten Eindruck hinterlassen, und Bile setzte sich wieder. Er lächelte zufrieden. Ich hatte mich nur einige Sekunden ihren Blicken dargeboten und mich dann ebenfalls wieder gesetzt. Als jetzt Njiba wieder das Wort nahm, gedachte er den Schlußpunkt unter die ganze Affäre zu setzen, um die endgültige Entscheidung herbeizuführen...

»Ja, es ist peinlich, wie unser Bruder Bile schon sagte. Es ist wirklich sehr peinlich«, wiederholte er. »Wir hätten euch unsere Tochter herzlich gern umsonst hergegeben. Aber ihr seht ein, welche Schwierigkeiten die Lösung einer Verlobung unweigerlich mit sich bringt. Denn der junge Mann, von dem ich sprach, hat schon viel für die Familie getan. Geschenke aller Art, auch Geld. Und eigentlich blieb nur noch der Tag zu bestimmen, an dem er seine Frau heimführen sollte... Wenn wir nun plötzlich seine Verlobung mit Fanny lösten, wäre er völlig im Recht, wenn er alles von uns zurückforderte, was er uns schon gegeben hat... Ihr versteht, was ich meine. Sind eure Rücken stark genug, es mit einer solchen Möglichkeit aufzunehmen?«

Uns war inzwischen klargeworden, worauf Njiba hinauswollte. Nun, hatte ich nicht recht, als ich vorhin sagte, daß diese Leute nur darauf ausgehen, aus jedem herauszuholen, was nur geht, der um eine ihrer Töchter anhält?

»Sind eure Rücken stark genug...?«

Ehe wir uns über »die Stärke unserer Rücken« näher ausließen, galt es, in Erfahrung zu bringen, wie hoch sich die zu erstattenden Summen beliefen. Aber an diesem Tag, an dem wir es mit Leuten zu tun hatten, die uns mit allen Mitteln als hochmögende Männer hinzustellen wußten, sahen wir uns außerstande zu feilschen.

Der König erhob sich denn auch sofort und erklärte, ohne über die Höhe der Entschädigung überhaupt ein Wort zu verlieren:

»Stark genug, stark genug... Was denkt ihr eigentlich von uns? Ich arbeite trotz meines Alters vom Morgen bis zum Abend. Und unter unsern jungen Leuten ist keiner, der müßig im Dorf herumlungert. Wenn ich euch also sage, daß wir stark genug sind, so bringen wir euch damit zur Kenntnis, daß wir, selbst wenn wir es in diesem Augenblick nicht sein sollten, noch feste arbeiten könnten, bis wir wieder ›stark genug‹ sind. Sprich, Bruder Njiba, sag uns, wieviel euch der junge Mann aus Bonapriso im ganzen gegeben hat, und ich werde es euch zurückerstatten.«

Stolz der Männer! Gewiß, wir waren nicht gerade in Not. Trotzdem mußten wir vor diesen Erpressern auf der Hut sein. Wir hätten ihnen nicht zeigen sollen, daß wir so leicht zu fangen waren. Aber was half's – es war König Salomo, mein Pate, der hier für uns das Wort führte, und was er da gesagt hatte, war dasselbe, was wir alle dachten. Jedenfalls hätte ihm keiner widersprochen, denn wir wollten doch nicht als Männer dastehen, die außerstande waren, ihrem Sohn eine regelrechte Verlobung zu finanzieren.

»Ich fürchte euch zu enttäuschen«, sagte Njiba, indem er sich mit einem nagelneuen weißen Taschentuch die Stirn trocknete. »Ja, das fürchte ich sehr. Aber seht ihr, Tatsachen sind Tatsachen. Ihr dürft nicht glauben, daß wir euch übervorteilen wollen. Ich versichere euch, daß dieser junge Mann aus Bonapriso, zur Zeit noch unser zukünftiger Schwiegersohn, einen sehr guten Posten bei der Compagnie Soudanaise innehat. Und wenn ich euch jetzt verrate, wieviel ihr uns für ihn erstatten müßt, so jammert nicht, ich hätte mehr von euch verlangt, als notwendig ist...«

»Sprich doch endlich, sprich!« sagte der Häuptling Mbaka ungeduldig.

»Nun also«, sagte Njiba, »wenn ihr auf Fanny Wert legt, werdet ihr so etwa siebentausend Francs hinlegen müssen...«

»Was?« fragte Tobo. »Siebentausend Francs sagst du? Du sprichst doch hoffentlich nur von dem Bargeld? Denn ich weiß, daß uns dieser Junge von Bonapriso sehr viel mehr geschenkt hat, seit...«

»Ja freilich, ich rede noch nicht von dem Geschirr, von dem Schmuck und anderen Dingen.«

»Siebentausend Francs«, sagte König Salomo, »das ist allerhand Geld. Aber sagt einmal, wenn ich recht sehe, wollt ihr uns eure Tochter verkaufen, ohne sie zu verkaufen?«

»O nein, Salomo, sag das nicht«, erwiderte Njiba. »Sag das nicht. Was würden denn die Leute von uns denken, wenn wir dir Fanny verkaufen wollten? Wir sind doch keine Wilden... Und ich hoffe, du wolltest uns nicht beleidigen mit deinen Worten. Aber wie ich schon sagte, Tatsachen sind Tatsachen. Dabei tun wir euch schon einen Gefallen, indem wir euern Sohn einem andern aus einem entfernteren Dorf vorziehen, der jedoch schon viel getan hat, um unsere Familie materiell zu unterstützen. Glaub mir, wir wollen euch nicht ausbeuten, denn das Geld, das ihr mir geben wollt, werde ich sogleich dem jungen Mann zurückerstatten, der euch zuvorgekommen ist. Ich verstehe, daß euch daran liegt, den letzten Willen eures Freundes zu erfüllen, nur müßt ihr uns in diesem Fall helfen, mit unsern eigenen Schwierigkeiten fertig zu werden, die allein dadurch entstanden sind, daß ihr euch zu spät mit uns in Verbindung gesetzt habt.«

»Also gut«, sagte König Salomo, »wir werden euch dabei helfen. Gesteht uns ein paar Tage zu, das Geld zusammenzubringen, das ihr verlangt, und wir werden euch einen Schwiegersohn geben, der eurer würdig ist.«

Diese Erklärung wurde von beiden Seiten mit beifälligem

Murmeln und Kopfschütteln aufgenommen, was gleicherweise sagen sollte: Wahrhaftig, keiner versteht es so gut, eine Ehesache richtig zu behandeln wie König Salomo.

Dann wurden noch verschiedene Einzelheiten besprochen, und als der Tag sich neigte, gingen wir auseinander. Den ganzen Tag hatten Tangas Leute ihr übles Spiel mit uns getrieben!

5

In Wirklichkeit waren Njiba und die Seinen verwundert, daß wir nicht mit ihnen um den Preis gefeilscht hatten, den sie von uns forderten. Siebentausend Francs – ein Vermögen in jener Zeit! Warum zum Kuckuck hatte König Salomo das widerspruchslos hingenommen? Noch nie hatten wir soviel gezahlt, um eine Frau zu bekommen. So dachte jeder von uns.

»Macht euch nur keine Sorgen, ich habe schon meinen Plan«, sagte der König, als wir auf dem Heimweg unsere Besorgnis äußerten und ihn fragten, wo er das Geld hernehmen wolle.

»Diese Leute halten uns für Toren«, sagte er, »und sich selbst für große Schlauberger. Aber wir sind auch nicht auf den Kopf gefallen. Das werde ich ihnen noch begreiflich machen. Wartet nur...«

Wir waren kaum zu Hause angelangt, als wir noch einmal zusammengerufen wurden, um zu hören, was der weise König für Vorschläge hatte.

»Du, Ekeke«, sagte er, »gehst morgen zu der Compagnie Soudanaise. Du mußt sehr geschickt vorgehen. Sieh zu, daß du auf diskrete Art herausbekommst – das Wie ist deine Sache –, ob es überhaupt einen Manfred Essombe gibt, ob er wirklich mit Fanny verlobt ist, ob alles mit rechten Dingen zugeht und ob der junge Mann ›ihnen‹ wirklich so viel Geld gegeben hat...«

Seit diesem Tage setzte jeder von uns sein Bestes ein, um die Anweisungen des Königs Salomo zu überdenken und zu befolgen. Es versteht sich, daß die Nachforschungen, mit denen er meinen Vetter beauftragt hatte, dabei eine Hauptrolle spielten. Als Ekeke am Abend ins Dorf zurückkam, berichtete er uns, daß tatsächlich ein Manfred Essombe als Verkäufer bei der Compagnie Soudanaise arbeitete und sich seit mindestens zwei Jahren um Tangas Tochter bemühte. »Aber diese Leute da«, hatte man meinem Vetter im Vertrauen gesagt, »sind die übelsten Köpfe von Duala. Dieser junge Mann von Bonapriso läßt jeden Monat sein ganzes Gehalt dort und noch mehr... Und bis jetzt haben sie ihm seine Frau immer noch nicht herausgeben wollen. Mehr als zehnmal haben sie den Hochzeitstag hinausgeschoben... Man fragt sich in der Tat, was sie überhaupt noch wollen.« Ekeke fügte hinzu, daß Essombe seiner Schwiegerfamilie unzweifelhaft viel Geld gegeben und auch zahlreiche Geschenke gemacht habe, daß aber bei der bescheidenen Stellung des guten Jungen nie und nimmer ein Betrag von siebentausend Francs herauskommen könne.

»Genauso hab' ich's mir gedacht. Jetzt soll jeder von euch geben, was er kann, und dann gehen wir zu Tanga.«

»Zu Tanga? Ich denke, Njiba ist mit der Sache beauftragt?«

»Ja, ja, es stimmt schon...«

Jeder sah nach, was er erspart hatte. Vor ein paar Tagen hatte niemand geahnt, daß er zu meiner Heirat würde beisteuern müssen – wenigstens nicht in diesem Maße. Trotzdem fügte sich jeder ohne Widerrede und gab gutwillig her, was er zu geben vermochte. Auf diese Weise brachte König Salomo dreitausend Francs zusammen. Dann ging er mit dem Häuptling Mbaka, Mudiki und mir zu Njiba.

Wir trafen ihn nicht zu Hause. Seine Frau wies uns Stühle auf der Veranda an und bat uns, Platz zu nehmen und zu warten. »Er muß bald heimkommen«, sagte sie. »Er wollte nicht weit gehen.« Dann machte sie sich wieder an ihre Arbeit.

Es war ein schlechter Tag für die Kinder. Ihre Mutter war gerade dabei, das wöchentliche Abführmittel vorzubereiten, eine große Schale voll, das sie aus Kräutern herstellte. Als sie fertig war, rief sie: »Kommt, kommt alle her, die Pfannkuchen sind fertig.« Sogleich stürzte eine ganze Horde auf die Veranda, alle neun Kinder Njibas, vom zweijährigen Jüngsten bis zum fünfzehnjährigen Ältesten. »Heute morgen«, sagte sie, »heute morgen geb' ich euch zweierlei. Zunächst die Pfannkuchen, aber vorher waschen wir uns noch.« Die Kinder machten enttäuschte Gesichter. Was soll nur dieses scheußliche Zeug ausgerechnet vor den Pfannkuchen? Und dann tut die Mutter immer so, als kämen die Pfannkuchen zuerst! Und jede Woche ist es dasselbe, immer dieses »Waschen«, und das Zeug ist grün, grün und klebrig und furchtbar, furchtbar. Aber man muß es trinken, sonst kommt man nicht nur um die goldbraunen Pfannkuchen, die schweigend auf einer weißen Emailleschüssel warten, sondern auch um Mittagessen und Abendbrot, und dann prügelt einen der Vater wegen jeder Kleinigkeit, die man sich im Lauf des Tages hat zuschulden kommen lassen. Es hilft nichts.

Der Älteste trat vor und sagte, indem er sich stolz auf die Brust schlug: »Ich hab' keine Angst davor, ich werde euch zeigen, wie man's macht.« Er trank und schnitt ein Gesicht, das den Zuschauer entmutigen mußte. Aber jetzt war's vorbei, der Magen war für eine ganze Woche »gewaschen«. Er heimste Lobsprüche ein und wußte, daß er nun bald seine zwei Pfannkuchen kriegen würde. Ein Kind nach dem andern schlürfte den Gesundheitstrank. Das Schauspiel erinnerte mich an meine Kindheit, als Maa Medi mir diese »Waschung« verabreichte: einen enormen Becher von dieser berückenden Flüssigkeit, grün, klebrig, übelriechend, unabgemessen, Himmel... Und dann Maa Medis ewige Versicherung: »Das macht dir den Magen sauber!«... Ich sah den Kindern zu und dachte: Ein Glück, daß diese Reinigungstortur nicht ein Leben lang dauert...

Inzwischen war Njiba heimgekommen.

»Guten Tag«, begrüßte ihn König Salomo. »Wenn du Schulden hast, schläfst du schlecht, du mußt die Schulden um jeden Preis loswerden. Deswegen bin ich gekommen. Nimm diesen Beutel und sag uns, wann wir wiederkommen können, um die Frau unseres Sohnes heimzuführen. Sag's uns heute noch...«

Der Mann nahm lächelnd den Beutel in Empfang und

wog ihn mit skeptischer Miene in der Hand. Dann legte er ihn auf den Schoß.

»Sind das hier siebentausend Francs? Du sagst, das hier sind siebentausend Francs?« fragte er.

»Aber Njiba«, erwiderte König Salomo, »ich möchte wissen, wofür du mich hältst. Für den Weißen, der das Geld herstellt? Siebentausend Francs! Denkst du, die kann man so schnell zusammenkriegen? Du denkst wohl, ich habe hinterm Haus so einen Baum, auf dem Blätter aus Banknoten wachsen und Früchte aus Silberstücken. Zähl das Geld selber, sieh zu, wieviel es ist, und dann sag mir, wann die Hochzeit sein soll. Diese Verlobung dauert nun schon zwanzig Jahre, und wir haben uns mehr als genug die Beine deswegen abgelaufen. Und das bei dieser Hitze!«

Njiba zählte Banknoten und Hartgeld geduldig nach.

»Dreitausend Francs«, sagte er, »das reicht nicht. Wie soll ich ihm den Rest zurückzahlen?«

»Welchen Rest? Willst du mir weismachen, daß dieser Junge von Bonapriso, der Verkäufer in einem Laden ist, euch an die siebentausend Francs schenken konnte? Während wir nicht einmal gemeinsam eine solche Summe zusammengebracht haben? Wir sind doch keine Kinder, Njiba, das weißt du. Nimm das Geld. Ich weiß, daß es reicht – wenn es nicht schon zuviel ist. Nimm's und gib uns unsere Frau.«

»Sag nicht immerzu ›unsere Frau‹! Erst müssen sich die ›andern‹ dazu äußern. Wenn du willst, heb' ich das Geld auf und sprech' noch einmal mit ihnen. Wenn sie einverstanden sind, geb' ich dir einen Wink, daß du die Frau deines Sohnes abholen kannst...«

Wir schwatzten noch eine Weile, dann verabschiedeten wir uns. Im Hinausgehen rief mich Njiba zurück: »Mein Sohn«, sagte er, »selbst wenn du nicht vorhast, mir ab und zu etwas zu bringen, so macht das nichts, womit ich nicht sagen will, daß ich deine Geschenke zurückweisen würde. Aber wenn du willst, daß alles seinen guten Gang geht, dann vergiß nicht, von Zeit zu Zeit die Mutter deiner zukünftigen Frau zu besuchen. Das ist manchmal sehr nützlich!«

Ich verstand sofort, was er damit sagen wollte. Njiba und die Seinen dachten gar nicht daran, Fanny sogleich herzugeben. Für sie begann eben erst die Verlobungszeit, die Gott weiß wie lange dauern würde, während Maa Medi mich so schnell wie möglich in einen Ehemann verwandeln wollte, um mich vor Agatha Moudio in Sicherheit zu bringen. Aber wie gesagt, König Salomo hatte einen Plan, er wartete nur noch auf den günstigen Augenblick, ihn auszuführen. Wir gingen nach Hause und die Tage gingen dahin. Wenn sie dahingegangen sind, kommen sie nicht wieder, ihr werdet es noch sehen.

Für Agatha wurde diese Zeit, während der ich sie nicht mehr sah, zu lang. Natürlich war die Kunde von den Schritten, die wir meiner Heirat wegen unternommen hatten, auch zu ihr gedrungen. Jetzt wußte sie nicht mehr, wie sie mit mir dran war, denn ich hatte ihr ja nichts von allem erzählt und ihr ebensowenig gesagt, daß ich sie nicht heiraten würde. Aber als sie erfuhr, daß ich meinen Leuten nachgegeben hatte und die kleine Fanny zur Frau nehmen würde, war sie außer sich vor Zorn. Eines Nachmittags kam sie zu mir hereingefegt wie eine Windsbraut und schrie mir alles ins Gesicht, was sie gegen mich auf dem Herzen hatte: es sei unredlich von mir gehandelt, ihr auf eine Heirat Hoffnung zu machen und gleichzeitig einer andern nachzustellen, »einem nichtsnutzigen Balg«, während sie auf mich wartete! Und ob ich etwa glaube, daß sie keinen andern finden könnte, und mehr als einen, und bessere Partien als ich? Sei sie mir vielleicht zu Füßen gefallen, weil sonst niemand etwas von ihr wissen wollte? In ihrem Zorn sagte sie mir einen Haufen Dinge, von denen ich nur die Hälfte behalten habe. Die Frauen sind so. Wenn der Zorn sie gepackt hat, sagen sie viele Dinge. Sie zerschmettern auch das Geschirr. Und Agatha ging erst heim, nachdem sie mir die drei Gläser und die fünf Porzellanteller vor die Füße geworfen hatte, die meinen ganzen Junggesellenhausrat darstellten. Ich bin sicher, hätte ich noch andere zerbrechliche Dinge besessen, so hätte sie sich das Vergnügen nicht versagt, sie den gleichen Weg gehen zu lassen, nur damit Fanny bei ihrer Ankunft nichts davon vorfände... »Wenn sie überhaupt kommt«, sagte Agatha. Es fehlte nicht viel, und ihr Betragen hätte mich um meine Selbstbeherrschung gebracht. Es kostete mich übermenschliche Anstrengung, nicht ebenfalls zu explodieren. Ich wollte nicht, daß Maa Medi, wenn sie vom Feld heimkäme, am Herzschlag stürbe bei der Entdeckung, daß »dieses Mädchen mit dem Lotterleben« mir in meiner Wohnung eine haarsträubende Szene gemacht hatte. Außerdem lag mir in diesem Augenblick der Gedanke sehr fern, jemals eine Frau wie Agatha zu heiraten nach allem, was sie mir gesagt und getan hatte. Aber ich sag's ja, wenn die Tage dahin sind, kommen sie nicht mehr wieder. Wartet nur ab, wie es weitergeht.

Ja, an diesem Tag tat ich alles, um den Skandal zu vermeiden und vor allem um zu verhindern, daß Maa Medi von Agathas »Besuch« bei mir erfahre. Vergeblich! Sie erfuhr die Neuigkeit schon auf dem Heimweg vom Feld am Dorfbrunnen, als sie Wasser für das Abendessen holte, und ich hatte den ganzen Abend meine liebe Not, der Mutter zu erklären, daß Agatha ganz impulsiv gehandelt habe, denn es sei zwischen uns niemals von einem Heiratsversprechen die Rede gewesen. Schließlich ging Maa Medi zu Bett, nachdem sie wieder einmal durch meine Erklärungen beruhigt war. Diese ängstliche Frau, dachte ich, hat mich im Grunde nötiger als ich sie. Aber sie kann es nicht lassen, in mir immer noch ihren kleinen Jungen von dazumal zu sehen, ihr Kind, das sie zu behüten hat. Ach, die Eltern...

Mehr als ein Monat war vergangen, seit wir Njiba unser Geld gegeben hatten, und dieser ließ immer noch nichts von sich hören. Allmählich wurden wir unruhig. Ich ging bisweilen zu Tanga, meine Braut und ihre Mutter zu besuchen. Dabei begleiteten mich stets zwei oder drei unserer jungen Leute, die Arme beladen mit Geschenken für die Familie. Die Verlobungszeit verlief normal. Gleichwohl schwieg sich Tanga, der saubere Vater meiner Verlobten, über den Fortgang der Verhandlungen wegen meiner Heirat hartnäckig aus. Dafür war ja nur Njiba verantwortlich. Zwei Monate vergingen, in denen ich immer nur für wenige Tage zum Fischen ausfuhr, obwohl die Hochsaison der Seefischerei schon begonnen hatte. Eines Abends endlich suchte König Salomo Mudiki und den Häuptling Mbaka auf.

»Jetzt ist es genug«, sagte er. »Jetzt muß gehandelt werden. Denkt nur einen kleinen Augenblick daran, daß dieser Trunkenbold Njiba das Geld noch nicht einmal seinen Leuten ausgehändigt hat und es versäuft, mit anderen Worten, wir scheinen alles zum Fenster hinausgeworfen zu haben einschließlich der zahllosen Geschenke, die unser Sohn unaufhörlich Fannys Familie macht...«

»Das ist unmöglich«, sagte Häuptling Mbaka. »Du weißt doch, daß sie schon die Verlobung mit dem Jungen von Bonapriso gelöst haben. Solange La Loi dort verkehrt, ist er noch nie dem jungen Mann bei Tanga begegnet, nicht ein einziges Mal, seit er hingeht, und seine Freunde, die ihn begleiten, auch nicht. Damit ist klar, daß die andere Verlobung gelöst und für uns alles auf gutem Wege ist. Ich weiß nicht, was dich beunruhigt.«

»Was mich beunruhigt, ist die Zeit, die vergeht, ohne daß wir erfahren, wie wir mit diesen Leuten dran sind. Ich traue ihnen nicht über den Weg...«

»Ja«, sagte Mudiki, »ich glaube, der König hat recht, Mbaka. Warum in aller Welt sagt uns Njiba nicht, was sie mit unserm Geld gemacht haben? Das ist doch eine tolle Geschichte! Wir geben unser Geld her und haben unsere Frau immer noch nicht und wissen nicht einmal, was aus dem Geld geworden ist. Und dann haben sie noch die Frechheit, von einer Umsonst-Heirat zu reden. Ich finde, wir müssen handeln, Häuptling, sofort handeln.«

Wenn es ums Geld ging, vertraute Mudiki selbst seinen Brüdern nicht. Aber diesmal hatte er recht, es mußte gehandelt werden. König Salomo nickte zustimmend. Er war froh, einen Verbündeten gefunden zu haben.

»Gut«, sagte Mbaka endlich. »Einverstanden, wir werden handeln. Salomo, du brauchst nur noch die jungen Leute zu holen, die wir für diesen Fall ausgesucht haben, und ihnen zu sagen, daß es morgen abend soweit ist. Frage La Loi, ob er morgen abend zu seiner Braut gehen will. Wenn er geht, wird es übermorgen soweit sein. Wenn nicht, so tu, was wir zu tun beschlossen haben ...«

Am nächsten Abend stand mir der Sinn keineswegs nach einem Besuch bei Tanga. Erstens hatte ich an diesem Tage kein Geld für Geschenke, und zweitens wollte ich – nun ja, ich wollte Agatha Moudio besuchen, die ich nicht mehr gesehen hatte, seit sie alles bei mir in Scherben geworfen hatte. Wenn ich euch sage, daß ich sie liebte ... Zwei Gründe trieben mich hauptsächlich, sie am nächsten Abend zu besuchen. Einerseits hatte ich erfahren, daß sie wieder auf eine ziemlich liderliche, eine ziemlich skandalöse Weise mit ihrem Leben spielte, wie unsere Leute sagten, die ihr einmal mehr ihre ausgedehnten und zweideutigen Spaziergänge ins Europäerviertel vorwarfen, und dann hatte ich übergenug von diesen Besuchen bei Tanga, bei denen ich mich mit meinen Freunden oder mit Fannys Eltern unterhalten mußte, ohne jemals ein Wort mit dem jungen Mädchen wechseln zu können. Damals war es noch die Regel, daß die Braut während der langen Abende, dieser berühmten kostspieligen Besuchsabende, nichts oder fast nichts zu ihrem Verlobten sagte. Auf jeden Fall war Fanny noch ein kleines Ding, und ich konnte mich noch nicht entschließen, sie als ein Mädchen anzusehen, das in Kürze meine Frau werden sollte. Allerdings war das Vertrauen Tangas und seiner Frau zu mir offensichtlich im Wachsen, und in letzter Zeit hatten sie ihrer Tochter sogar schon erlaubt, uns nach dem Abschied noch ein paar Schritte zu begleiten. Aber ich könnte nicht sagen, daß mir diese schüchterne Begleiterin, die den Mund nicht auftat, dabei besonders ans Herz gewachsen wäre.

»Nein«, sagte ich zu König Salomo, »morgen gehe ich nicht zu Tanga, ich gehe ein andermal.«

»Schon gut, mein Sohn, ich wollte es nur wissen... Und was hast du morgen abend vor?«

»Morgen abend?« erwiderte ich etwas verlegen, ihr wißt schon warum. »Morgen abend? Nun, nichts Besonderes... Ich werde zu Haus bleiben und mich ins Bett legen, ich fühle mich ein bißchen müde seit ein paar Tagen. Ich will mich ausruhen. Warum?«

»Ach, nichts, mein Sohn, nichts weiter. Ich wollte es bloß wissen.«

Damit ging er.

Ich muß euch das erklären: Wenn damals ein junger Mann bei uns verlobt war, durfte er seiner Zukünftigen ab und zu einen Besuch machen, das heißt in erster Linie ihren Eltern, denn grundsätzlich wurde ihm keine Gelegenheit gegeben, sich in Ruhe mit seiner Braut zu unterhalten. Er wurde regelmäßig von seinen Freunden begleitet, die so mit der Familie des Mädchens bekannt wurden und das Recht hatten, ihn zu vertreten und dem Mädchen die Kur zu machen, wenn der junge Mann aus irgendeinem Grund nicht selbst kommen konnte. An dem Abend, an dem ich beschloß, lieber zu Agatha als zu Tanga zu gehen, konnten sich also einige meiner Freunde an meiner Stelle bei meinen zukünftigen Schwiegereltern einfinden, ohne daß sich jemand darüber aufgehalten hätte. Genau das geschah auch.

König Salomo schickte meine Freunde zur üblichen Besuchszeit zu Tanga. Mit welchem Auftrag? Ihr werdet es gleich wissen. Ebanda, Toko und natürlich mein Vetter Ekeke waren die »offiziellen Bevollmächtigten« dieser abendlichen Mission. Ausnahmsweise waren sie noch von vier andern jungen Burschen aus unserm Dorf begleitet, die jedoch nicht mit zu Tanga gingen, sondern draußen den Fortgang der Ereignisse abwarteten.

Tangas Haus lag nicht an der Straße. Man mußte erst durch einen Garten gehen, der mit »Senegal-Maniok« bepflanzt war, wie die Frauen von Duala aus mir unbekannten

Gründen diese besondere Art des Maniok nannten. Dahinter lag Tangas Haus. Mit seinem Sockel aus gestampftem Boden, den luftigen Wänden aus Bastmatten und dem Wellblechdach gab es sich als die stolze Behausung eines wohlhabenden Mannes zu erkennen. Rings um den mit weißem Sand bestreuten Hof standen die kleineren Häuser seiner Frauen. Es waren drei. In eben diesem Hof pflegten wir bei mildem Wetter und in Mondnächten mit Fannys Eltern zusammenzusitzen und bis tief in die Nacht hinein zu plaudern. Und an diesem Abend machten es Ekeke und seine Begleiter wie immer. Sie aßen bei Tanga zu Abend, und dann folgten die endlosen Nachtstunden mit ihren vielerlei Gesprächen und Erzählungen. Schließlich fing Tangas Frau an zu gähnen.

»Hast du Schlaf, Frau? Was ist denn das für eine Mode zu einer Stunde, in der die Hühner schlafen gehen! Als ob du nichts mehr aushalten könntest!«

Sie gab sich Mühe auszuhalten, um ihrem Mann zu zeigen, daß sie kein Hühnchen war, das es nicht erwarten kann, ins Bett zu kommen. Aber bald wurde der Schlaf zu stark. Wonje, Fannys Mutter, ließ immer wieder den Kopf fallen, wie man eben tut, wenn man hoffnungslos gegen den Schlaf ankämpft.

»Geh ins Bett«, sagte Tanga, »sonst steckst du uns noch mit deiner Schläfrigkeit an.«

»Wir auch«, sagte Toko, einer meiner Freunde, »wir ziehen uns jetzt auch zurück, es wird allmählich spät... Fanny, willst du uns nicht noch bis zur Gartentür begleiten? Nur bis auf die Straße, dann drehst du wieder um...«

»Ach«, sagte Fanny, »mit euren Gespenstergeschichten vorhin habt ihr mir richtig Angst eingejagt. Ich habe Angst, ich weiß nicht, wie ich heute nacht schlafen soll, und du verlangst von mir, euch zu begleiten?«

»Aber Fanny«, sagte Vater Tanga, »du wirst groß, du hast einen Verlobten, und du bringst es fertig, Angst zu haben wie ein kleines Mädchen? Du mußt allmählich gute Manieren lernen. Wenn Fremde zu Besuch kommen, mußt du sie ein Stück begleiten, sonst denken sie womöglich, du hast keine gute Erziehung genossen, und am Ende haben wir die Schande.«

Darauf stand Fanny sofort auf, während ihr Vater ins Haus ging und ihr noch zurief, sie solle bald zurückkommen und die Bänke und Stühle ins Haus tragen, damit es nicht im Lauf der Nacht darauf regne.

Die jungen Leute gingen neben Fanny her. Bald war die Straße erreicht.

Hier änderte sich blitzartig das Bild. Toko und Ebanda packten das kleine Mädchen, jeder an einem Arm, während mein Vetter Ekeke eine verabredete Melodie pfiff, um die andern Burschen herbeizurufen, die sich in den Büschen versteckt hatten. Sie nahmen die erschrockene Fanny in die Mitte. Sie wollte schreien, um Hilfe rufen, weinen – unmöglich. Irgend jemand steckte ihr die Hand in den Mund, und niemand in der Nachbarschaft hörte auch nur den geringsten Klagelaut.

»Macht schnell, macht schnell!« drängte einer der Jungen.

»Wir bringen dich heute nacht zu uns, Fanny«, verkündete Ekeke. »Von jetzt an bist du La Lois Frau, bist du unsere Frau. Vorwärts jetzt, und zugefaßt!«

Es war ein Kinderspiel, die kleine Fanny aus dem Dorf hinauszutragen. Als sie aus der Reichweite etwaiger Verfolger waren, stellten sie das Mädchen wieder auf die Beine.

» Jetzt mußt du mit uns laufen«, befahlen sie.

Laufen... Und unter welchen Umständen! An beiden Armen von zwei Männern festgehalten! Fanny tat, was sie konnte. Sie lief, sie weinte, sie weinte...

Gegen Mitternacht kamen sie in unserem Dorf an. Ich war noch nicht zu Haus. An der Dorfgrenze angelangt, begannen sie zu brüllen: »Huhuhuhu... huhuhuhu... Wir haben sie, die Braut! Wir haben sie geholt, die Frau von La Loi! Huhuhuhu...« Sogleich strömten aus allen Häusern die Leute zusammen, um die nächtliche Beute zu betrachten, und alle beeilten sich – soweit ihre Schlaftrunkenheit es zuließ –, Fanny willkommen zu heißen und ihr die üblichen Ratschläge mit auf den Weg zu geben: »Junge Frau, sei nicht eigennützig! Sei lieb! Sei nicht selbstsüchtig! Huhuhuhu...«

Der Lärm der Menge drang bis zu mir, als ich eben von Agathas Dorf zurückkehrte. Ich hatte mein Haus noch nicht erreicht, als ich schon merkte, daß es voller Menschen war. »Voll«, ihr könnt euch keine Vorstellung davon machen... Es war ein Tohuwabohu! Sie sangen und schrien und schlugen auf leere Kisten wie auf Urwaldtrommeln – ein Lärm, in dem Fannys Weinen hoffnungslos unterging. Es kostete Mühe, mir einen Weg durch die Menge zu bahnen, um in mein eigenes Haus zu gelangen. Ich fand Maa Medi an der Seite der tränenüberströmten Fanny.

»Meine Tochter«, sagte Maa Medi, als sie mich erblickte, »da kommt mein Sohn. Er ist dein Gatte. Bleib bei ihm, um ihm zu dienen und ihm Kinder zu gebären. Viele Kinder!«

Ich schenkte der armen Fanny nicht mehr Beachtung als bisher, da ich ihre Eltern besuchte, um meiner Braut »den Hof zu machen«. In meinen Augen war sie ein kleines Mädchen, das erst einmal richtig erzogen werden mußte, ehe es daran denken konnte, mir Kinder zu schenken. Und nachdem Maa Medi diese überstürzte Heirat erzwungen hatte, mochte sie gefälligst die Sache selbst in die Hand nehmen und zusehen, wie sie aus Fanny eine ordentliche Frau machte, die ihres Sohnes würdig war. So kam es, daß Fanny, als die von stundenlangem, infernalischem Gebrüll und Getobe ermüdete Menge endlich das Feld geräumt hatte, die Nacht nicht in meiner Kammer verbrachte, sondern schön und gut bei Maa Medi.

Als Tanga merkte, daß Fanny nicht wie sonst sofort zurückkam, schwante ihm sofort Unheil, und er alarmierte schleunigst seinen Bruder Njiba, der für Fannys Heirat verantwortlich war. In einem solchen Fall unternimmt man nichts, nachdem man die Entführung eines Mädchens durch Freunde des Verlobten nicht hat verhindern können. Hätte Tanga das vorausgesehen, so würde er nicht darauf bestanden haben, daß Fanny die späten Besucher hinausbegleitete, und hätte so das Unglück verhindert. Er hatte es nicht getan, weil er sich auf die guten Manieren seiner Gäste verließ. Nun war es zu spät, niemand konnte mehr daran etwas ändern …

»Nun ist sie verheiratet, unsere Tochter«, murmelte Tanga im Einschlafen, »verheiratet, ohne daß uns die Kerle alles bezahlt haben, was sie uns schuldeten … Aber sie ist verheiratet, daran können wir nichts mehr ändern.«

Tanga und Njiba schliefen, jeder auf seine Art, den Schlaf der Gerechten, als habe sich nichts Besonderes ereignet. Am nächsten Tag forderten sie die Frauen ihres Dorfes auf, sich zu mir zu begeben, um »ihre Tochter zu beweinen«. Sie kamen in hellen Scharen. Ich stillte ihren Kummer mit »etwas Geld, um Kochsalz und Tabak für das Gemeinwesen zu kaufen«.

Fanny blieb natürlich bei uns.

6

König Salomo setzte den letzten Mauerstein am Fuß des Orangenbaums ab und ging, sich die Hände im schmutzigen Wasser der halbvollen, ungeschickt zusammengebastelten Tonne zu waschen. Maa Medi kam mit Fanny von der Plantage zurück. Beide waren rechtschaffen müde. Ein langer Arbeitstag in der sengenden Sonne dieses Dezembers war kein sonderliches Vergnügen. Fanny wurde jetzt von meiner Mutter in ihre künftigen Hausfrauenpflichten eingeführt. Ich sah sie nicht oft, denn ich ruderte wie immer zum Fischfang aufs hohe Meer und besuchte weiterhin Agatha – falls sie mich empfing; denn seit ich vor aller Welt verheiratet war, zeigte sie sich nicht mehr so leicht dazu bereit wie früher. Aber das ist eine andere Geschichte, auf die wir später noch früh genug zurückkommen können.

Also meine Mutter erblickte einen riesigen Haufen von Mauersteinen unter dem Orangenbaum. Beinahe hätte sie König Salomo nichts darüber gesagt, denn sie achtete diesen Mann hoch, durch dessen Hilfe ihrem Sohn die Schande erspart geblieben war, sich eine Lebensgefährtin von unerwünschter Berühmtheit zuzulegen. Sie hätte also beinahe nichts gesagt, das könnt ihr mir glauben. Aber dieser Haufen von Mauersteinen da, am Fuß des Orangenbaums, würde ihn in Kürze zum Absterben bringen. Diese Zementsteine hatten bereits zwei Orangenbäume im Dorf zum Verdorren gebracht, und Maa Medi fand es nicht in Ordnung, daß diesem Baum, den ich selbst einst gepflanzt hatte, dasselbe Schicksal beschieden sein sollte. Darum sprach sie:

»Salomo, du fängst wieder an, deine Ziegelsteine unter diesem Orangenbaum aufzustapeln. Du weißt doch, daß Zement diese Bäume verdorren läßt, und tust es doch wieder. Sollen wir denn in der heißen Zeit nicht eine reife Frucht ernten?«

»Frau«, erwiderte der König, »du bist in einem doppelten

Irrtum. Erstens sind das nicht ›meine Ziegelsteine‹, wie du so schön sagst. Denn wie du weißt, bin ich so arm wie du und könnte infolgedessen gar keinen Zement kaufen, um Mauersteine daraus zu machen. Zweitens weißt du doch, daß ich diese Arbeit im Auftrag von Gros-Cœur übernommen habe. Du irrst also, wenn du mich beschuldigst, deinen Orangenbaum verdorren lassen zu wollen. Der Himmel hat mir meine Hände nicht zum Zerstören gegeben, sondern zum Aufbauen. Nennt ihr mich nicht im ganzen Dorf den ›königlichen Baumeister‹? Du siehst also, die ganze Geschichte betrifft allein den Gros-Cœur, der sein steinernes Haus nicht früh genug fertig haben kann.«

Maa Medi bewunderte die weise Antwort des Königs, aber sie sagte sich, daß es dabei nicht sein Bewenden haben dürfte. Sie würde selbst zu Onkel Gros-Cœur gehen, sowie er von der Arbeit käme.

»Gut, ich werde ihn heute abend in seinem steinernen Haus besuchen«, versprach meine Mutter mit einem bitteren Beiklang in der Stimme.

Dann setzte sie ihr Reisigbündel ab und ging ins Haus, um das Abendessen zu bereiten.

Fanny war nun schon einige Tage bei uns. Es war mancherlei geschehen, das ich hier nicht erzählen will, aus dem einfachen Grund, weil es keinen direkten Bezug auf die Geschichte meines persönlichen Lebens hat. Aber sehen wir erst zu, wie der Tag für König Salomo zu Ende ging.

Der König wusch sich die Hände. Der Zement verschwand, aber die Schwärze des Rückens und das Helle ihrer Innenseiten blieben trotz der guten Marseiller Seife wie sie waren. Dann wischte er sich mit einem schmutzigen Taschentuch den Schweiß von der Stirn. Der Arbeitstag war zu Ende. Er griff nach seiner arg verschlissenen Khakijacke, die nach feuchter Sonnenwärme roch. Er fuhr mit einem Arm hinein und spürte etwas Kaltes darin. Erschrocken schleuderte er die Jacke weit von sich und wischte sich mechanisch die Hand ab, die er in den Ärmel gesteckt hatte. Ein Frosch bahnte sich seinen Weg durch das Labyrinth der

Falten und gewann mit einem Satz das Freie. Der König atmete erleichtert auf. Es war keine Schlange, wie er zuerst gedacht hatte, es war nur ein Frosch, und Frösche beißen nicht... »Das war ein schöner Schreck«, gestand sich der König, »diese Jacke wird mir Stoff zu mehr als einer Geschichte liefern.«

Denn Salomo, der königliche Baumeister, wußte auch Geschichten aller Art zu entwerfen mit allen möglichen Schikanen ausgebaut und unweigerlich mit einem Kommentar versehen, der seinesgleichen suchte... Selbst wenn er keinen Frosch in seiner Khakijacke gefunden hatte.

Das Tierchen war kaum im weichen Gras des Hofes verschwunden, als es bereits in Salomos frischer Erinnerung zu einer beträchtlichen Größe herangewachsen war. Nie zuvor hatte er einen so dicken Frosch gesehen. Und ihr hättet nur sehen sollen, wie angriffslustig er sich benahm... Vielleicht war es gar kein gewöhnlicher Frosch. Es gibt so viele merkwürdige Dinge in unserem Dorf... Er war eben dabei, diese simple Geschichte von dem Frosch im schattenspendenden Jackenärmel eindrucksvoll auszuspinnen, als Dicky vorbeikam. »Guten Abend, König. Wie geht's?«

»Stör mich nicht, Dicky. Wenn du wüßtest, was ich gerade erlebt habe! Nein, laß mich jetzt in Frieden...«

»Du siehst ja ganz verstört aus. Was ist denn passiert?«

»Glaub mir, Dicky, mein Vater hat gewiß viel länger gelebt als ich, aber ich kann dir versichern, ich habe jetzt schon viel mehr erlebt als er. Ja, ja, viel mehr unglaubliche Dinge...«

»Sag mir doch wenigstens, um was es sich handelt!«

»Um etwas ganz Merkwürdiges, Dicky. Wie könnte ich richtig schildern, was mir passiert ist. Hör zu und antworte mir: Hast du jemals einen Frosch gesehen?«

»Einen Frosch?«

»Ja, einen Frosch.«

»O König Salomo, ich kann nicht lesen, ich bin nicht in die Schule gegangen, ich spreche nicht französisch wie

Gros-Cœur oder wie Ekeke, aber erlaube mir trotzdem, dir zu sagen, daß ich weiß, was ein Frosch ist. Was für eine Frage!«

»Ärgere dich nicht, Dicky, ich fragte dich nicht, um dich zu kränken. Ich möchte mich bloß versichern, daß das alles kein Traum war, was ich eben gesehen habe. Sag mir: Was sieht einem Frosch gleich?«

»Wieso... Wieso... Aber, nichts... Ein anderer Frosch...«

»Ja, das ist wahr, das ist wahr. Wie kann man nur so dumm sein! Und meinst du, Dicky, daß ein Frosch kalt ist?«

»Kalt wie ein anderer Frosch. Sie sind alle gleich.«

»Aber hast du je einen Frosch gesehen, der sich verlängert?«

»Der sich verlängert?«

»Und der plötzlich einen andern Kopf hat?«

»Einen andern Kopf? Was soll das heißen, König Salomo?«

»Und der drauf und dran ist zu sagen: ›Ich bin der Frosch des Soundso?‹«

»Du bist verrückt, König Salomo, du bist verrückt. Was redest du da für Unsinn?«

»Doch, genau das hab' ich eben erlebt. Und du weißt, eine Lüge von diesem Kaliber ist dem König nicht zuzutrauen... Und wenn du darauf bestehst, kann ich dir sogar sagen, wem dieser Frosch gehört.«

Dicky wurde es schwindlig. Er verstand kaum noch, was Salomo weiter sagte:

»Siehst du meine Jacke da, Dicky? Ich frage, ob du meine Jacke siehst?«

Dickys Bestürzung wuchs. Der Abend brach herein, bald kam die verwirrende Stunde der Verzauberung, deren Nahen unter diesem Orangenbaum durch die seltsame Geschichte des Königs noch spürbarer wurde.

»Du siehst meine Jacke? Und siehst du, aus eben dieser Jacke ist der Frosch herausgekrochen, von dem ich sprach. Ja, sieh dich nur um! Da ist nichts, was einem erklären könnte, warum sich ein Frosch so weit vom Fluß häuslich niedergelassen hat. Außerdem ist das Gras ganz niedrig, und wenn hier ein Frosch gewesen wäre vor dem Erlebnis, von dem ich berichte, hätte ich ihn doch sehen müssen, und ich hätte ihn gehindert, sich in meiner Jacke zu verkriechen. Nun habe ich soeben meine Jacke genommen. Ich fühle etwas Kaltes darin, ich werfe sie weg, und was kommt aus dem einen Ärmel herausgesprungen?«

»Ein Frosch?«

»Ein Frosch! Aber von einer Art – ich würde dir nicht wünschen, jemals einem solchen Frosch zu begegnen... Ein dicker, pechschwarzer Frosch, der sich mir beim Herausklettern zuwendet, dann sitzen bleibt, mich starr ansieht und länger und immer länger wird. Zugleich verändert sich sein Kopf, bis das Gesicht schließlich ganz und gar menschliche Züge annimmt – Züge, die du und ich gut kennen. Und in diesem Augenblick öffnet der Frosch das Maul, um mir zu sagen, wem er gehört. Aber das war überflüssig, denn aus seinem Gesicht war es leicht zu erraten. Ich habe nie eine solche Ähnlichkeit gesehen...«

»Und was hat er gesagt?«

»Nichts.«

»Und wem gehört er?«

»Aber Dicky! Ich sage dir doch, daß es kein gewöhnlicher Frosch war, und ich sage dir außerdem, daß er jemand ähnlich sieht, den wir beide gut kennen, und da fragst du noch, wem er gehört? Ein Zauberfrosch! Niemand hier kann sich erlauben, einen solchen zu haben, niemand als unser Bruder Gros-Cœur...«

»Wenn du ihn noch deinen Bruder nennst, dann ist das deine Sache. Aber mir fällt es gar nicht ein, ihn noch als meinen Bruder zu betrachten nach dem, was er uns angetan hat. Nein, so springt man nicht mit uns um, bloß weil man ein festes Haus bauen will. Was heißt das übrigens, ein festes Haus?«

»Du weißt doch, Dicky, daß er mich an seinem Haus arbeiten läßt, genau wie mich ein Weißer arbeiten lassen würde. Er tötet mich vor Arbeit für beinahe nichts. Und jeden Abend, wenn er von seinem Büro kommt, sieht er nach, was ich den Tag über geschafft habe, als hätte er kein Vertrauen zu mir. Also wirklich, diese feste Anstellung in der Stadt hat ihm den Kopf verdreht. Du kannst sagen, das ist alles seine Sache. Aber sieh doch, was er mit uns gemacht hat! Dieses riesige Gelände, das er verkauft hat und das ihm gar nicht gehörte! Siehst du das?«

»Und er gibt für sich ganz allein das Geld aus, das er dafür bekommen hat.«

»Ich sage dir«, schloß Salomo, »er hat einen Zauberfrosch, der ihm so ähnlich ist, daß er es schwerlich wird leugnen können. Falls du jemand mein merkwürdiges Erlebnis erzählst, dann vergiß nicht hinzuzufügen, daß der Frosch selbst gesprochen und sich auf Gros-Cœur berufen hat. Diese Zauberfrösche besitzen alle Eigenschaften, die ein übernatürliches Tier nur haben kann.«

Das alles war natürlich Wasser auf die Mühlen derer, die seit einigen Tagen einen offenen Verleumdungsfeldzug gegen meinen Onkel Gros-Cœur führten. Es konnte gar nicht anders sein. Mein Onkel, dieser Mann, der lesen und schreiben konnte und auf europäische Weise zu leben gedachte, hatte sich schon öfters das Mißfallen gewisser Dorfinsassen zugezogen. Aber noch nie hatte er es fertig gebracht, eine vergleichbar große Koalition von Gegnern auf die Beine zu bringen. Denn diesmal reichte die Feindseligkeit sogar über die Grenzen unseres Dorfes weit hinaus, namentlich in das der Agatha Moudio, wo ihr Vater tausend Flüche gegen diesen »Europäer unter uns« ausstieß, »der vergessen hatte, weiß zu werden, und der das Land seiner Vorväter verkauft hatte, ohne seine Landsleute um ihre Meinung zu fragen«. Dies war in der Tat der letzte Punkt in dem proeuropäischen Sündenregister des Onkels Gros-Cœur. An der Grenze zwischen Agathas Dorf und dem unseren lag ein Gebiet, auf das bisher niemand Ansprüche geltend gemacht hatte. Da erschien eines Tages ein syrischer Kaufmann, der die industrielle Auswertung dieses Geländes für aussichtsreich hielt, und suchte die Dorfbewohner mit der Bitte auf, es ihm zu verkaufen. Und Onkel Gros-Cœur, dem wir diesen Namen – Großherz – beigelegt hatten wegen seiner Liebe zu allem Großen, hatte hinter dem Rücken der andern allein mit dem Syrer verhandelt und ihm das Gelände verkauft – eine Handlungsweise, die man sich nicht erlauben darf, wenn man sich nicht den allgemeinen Zorn des Dorfes zuziehen will. Nicht daß man sich einem Grundstücksverkauf widersetzt hätte (übrigens frage ich mich, was unsern Leuten noch an Grund und Boden bliebe, wenn sie jedem von Syrien oder sonstwo hergelaufenen Fremden alles verkauften), aber man hält sehr darauf, daß das ganze Dorf über solche Geschäfte auf dem laufenden gehalten wird... Und vor allem will man es nicht dulden, wenn jemand für sich allein das ganze Geld ausgibt, das er beim Verkauf eines Grundstücks verdient hat, es sei groß oder klein. Und weil Onkel Gros-Cœur den Leuten seine Mißachtung so deutlich gezeigt hatte, nahm es ihm jedermann übel, daß er sich am gemeinschaftlichen Besitz bereichert und den Gewinn ausschließlich für den eigenen Bedarf ausgegeben hatte. Daß der Onkel Gros-Cœur lesen und schreiben und mit den Ausländern reden konnte, war doch wahrlich kein Grund, seine Brüder einfach zu übergehen. Er hatte eben nicht wie ein Bruder gehandelt, und nun sann man darüber nach, wie man ihm begreiflich machen konnte, daß er in diesem Dorf, dem er so deutlich die kalte Schulter gezeigt hatte, auf keine brüderliche Liebe rechnen durfte. Ihr habt gehört, was König Salomo meiner Mutter antwortete, als sie ihn wegen der Steine unter ihrem Orangenbaum zur Rede stellte: »Du siehst also, die ganze Geschichte betrifft allein Gros-Cœur, der sein steinernes Haus nicht früh genug fertig haben kann.« Und Maa Medi hatte in beißendem Ton erwidert, sie werde diesen Onkel Gros-Cœur schon zur Rede stellen.

Die Geschichte von Gros-Cœurs Zauberfrosch aber hatte einen noch durchschlagenderen Erfolg. Ihr wißt, daß keiner bei uns die Werbetrommel besser zu rühren verstand als Dicky. Und die Aufregung, in die ihn diese schreckliche Geschichte gestürzt hatte, beflügelte seinen Eifer. Die Nachricht sprach sich in Windeseile herum, und am nächsten Tag wußten alle Dörfer der Umgebung, daß Onkel Gros-Cœur einen Zauberfrosch besaß. Zwar wußte niemand, wie so ein Tier eigentlich aussah, da ja nur König Salomo eins zu Gesicht bekommen hatte, und ihr wißt wie ich, daß der, den er aus seiner Jacke hatte herausspringen sehen, sich von keinem euch und mir bekannten Frosch unterschied, seien sie nun Zauberfrösche oder nicht. Aber das war für niemand ein Hinderungsgrund, diesen Frosch von Onkel Gros-Cœur, »den schrecklichsten aller Frösche auf Erden«, nunmehr genauestens zu beschreiben.

Ungefähr neun Tage nach der seltsamen Begebenheit, deren einziger Zeuge König Salomo gewesen war, starb Dicky in seiner Wohnung, ohne daß jemand eine bestimmte Todesursache hätte angeben können, jener Dicky, der es übernommen hatte, die Nachricht zu verbreiten. Man trifft gelegentlich Männer und Frauen, die euch von oben herab erklären, daß es keine Zauberei gebe, das seien »Geschichten zum Einschlafen« und dergleichen mehr. Bei uns gibt es das Wort nicht, mit dem man in anderen Sprachen den unhörbaren ursächlichen Zusammenhang gewisser Tatsachen als »rein zeitliches Zusammentreffen« zu erklären sucht. Und wie die Dinge lagen, muß man ja auch zugeben, daß der Tod Dickys, unmittelbar nachdem dieser das Geheimnis eines Zauberers enthüllt hatte, schwerlich als ein »rein zeitliches Zusammentreffen« angesehen werden konnte. Dieser sogenannte Zufall gab uns viel zu denken. Aber war das überhaupt nötig? Nein! Jeder von uns kam beinahe automatisch zu dem Schluß, daß der Mann, der Dicky umgebracht hatte, der einzige, der es aus einem einleuchtenden Grund getan haben konnte, Onkel Gros-Cœur war.

Jetzt war das Maß voll, die Wut unserer Leute erreichte den Siedepunkt, und eines Morgens belagerten sie das Haus meines Onkels, um ihn daran zu hindern, zur Arbeit zu gehen. Es war eine große Menschenmenge. Auch aus den Nachbardörfern waren viele gekommen.

»Heute gehst du nicht zur Arbeit, Cœur! Du bist uns Erklärungen schuldig, und nötigenfalls werden wir uns selbst Recht verschaffen!«

Ein solcher Morgenbesuch war etwas Erschreckendes... Weil Dicky gestorben war? Wie, wenn es gar nicht Onkel Gros-Cœur war, der Dickys Seele in die undurchdringliche Welt der Zauberer verschleppt hatte? Wenn er doch eines natürlichen Todes gestorben war, einfach weil das Leben nichts mehr von ihm wissen wollte und das Jenseits ihn für sich beanspruchte? Was ihr doch für Fragen stellt, Fragen, auf die ich nur antworten kann, daß es bei uns niemals einen natürlichen Tod gibt. Immer steckt ein Zauberer dahinter. Und diesmal war gar kein Irrtum möglich, Dicky konnte nur von Onkel Gros-Cœur umgebracht worden sein.

»Ich habe nichts getan, ich habe nichts getan, ich versichere es euch! Ich habe ihn nicht getötet! Er war mir so lieb, hi hi hi«, er weinte, »daß ich nie an so etwas gedacht haben würde, selbst wenn ich es gekonnt hätte...«

»Willst du uns etwa weismachen, daß du nicht die Macht dazu hast? Und Mutter Mondo? Wer hat sie umgebracht, wenn nicht du?«

»Nein, nein, das hab' ich nicht getan! Ausgerechnet Mutter Mondo! Denkt doch nur daran, was sie alles für mich getan hat!« Er weinte schon wieder. »Ach, sie ist gestorben, ohne mir Lebewohl zu sagen, die arme Mutter Mondo. Nein, ich habe sie nicht getötet, glaubt mir doch!«

Alles, was die Mutter Mondo für ihn getan hatte... Was für ein Argument! Dabei weiß jeder, daß in diesem höllischen Zauberreich die Zauberer am liebsten die Menschen beiseite schaffen, die ihnen besonders teuer sind! Das ist ihr Gesetz. Alles, was Mutter Mondo für ihn getan hatte...

»Also wirklich, du hältst uns für Dummköpfe, Cœur, du hältst uns für Dummköpfe!«

Dann defilierten die Männer an ihm vorbei in dem großen Zimmer, in dem sie versammelt waren, und jeder gab sein Urteil ab.

»Du hast viel zuviel Leute hier verschwinden lassen«, sagte der Häuptling Mbaka. »Jetzt bist du an der Reihe, du hast's verdient! Nehmt den Mann und schafft ihn hinaus!« befahl er.

Trotz seiner Proteste und seines Sträubens wurde Onkel Gros-Cœur hinausgeführt. Die Männer forderten die Frauen und Kinder auf, sich zu entfernen, denn was jetzt zu geschehen hatte, war kein Schauspiel für sie. Übrigens hatten die Frauen auch Besseres zu tun, ihnen fiel die Aufgabe zu, Dicky zu beweinen, dessen Leichnam noch in seinem Haus ruhte.

Die Männer begaben sich zu dem Dorfplatz, unter einen großen Baum. Dort mußte sich Onkel Gros-Cœur auf einen flachen Stein setzen. Man legte ihm ein hartes, etwa einen Meter langes Brett auf den Kopf, und dann fingen sie an, Steine auf das Brett zu legen, große, immer schwerere Steine, während zwei Männer das Brett auf dem Kopf meines Onkels im Gleichgewicht hielten. Und jedesmal, wenn ein neuer Stein aufgesetzt wurde, trat Mpondo-les-deux-bouts vor und fragte den Onkel Gros-Cœur:

»Sag es uns, sag es uns schnell, wenn du nicht sterben willst! Du bist der Mörder, nicht wahr?«

Der Mann schwieg. Und sofort wurde ein neuer Stein hinzugefügt, schwerer als der vorhergehende. Der Hals meines Onkels mußte von besonderer Art sein, denn er widerstand lange Zeit der Tortur. Aber Tante Adele wußte, daß er nicht bis ins Unendliche widerstehen würde. Sie weigerte sich, zu gehen und Dicky zu beweinen, wie der Häuptling Mbaka befohlen hatte. Sie rannte, so schnell sie konnte, nach der Stadt und jammerte laut, sie werde keinen Fuß in unser Dorf setzen, solange die Männer nicht bestraft würden, die ihren Mann so peinigten. Und die Marter ging weiter. Man glaubte bei uns, Tante Adele sei für immer entflohen, man werde nie wieder von ihr hören. Welch ein Irrtum! Sie kam in der Stadt an, fand den Arbeitsplatz ihres Mannes und tat, was sie konnte, um dem Meister des Onkels Gros-Cœur klarzumachen, daß man im Begriff sei, ihren Mann zu töten. Der Meister, der sich schon Sorgen gemacht hatte, weil mein Onkel um zehn Uhr noch nicht zur Arbeit erschienen war, rief den Polizeikommissar an, Herrn Dubous. Ihr erinnert euch doch an diesen Mann, der eines Tages erschienen war und mich verhaftet hatte, weil ich Geld für unser Salz gefordert hatte. Sowie er hörte, was vor sich ging, setzte er sich in seinen Landrover und traf eine Stunde später unangemeldet bei uns ein. Das Schauspiel unter dem Baum war immer noch im Gang. Ich möchte nur wissen, wieso Onkel Gros-Cœur noch nicht tot war. Ab und zu ließ mich seine unglaubliche Widerstandskraft ernstlich glauben, daß er über magische Kräfte verfügte, wenn nicht von der Art, deren man ihn beschuldigte, so doch zumindest von einer harmloseren Art... Zu seinem eigenen Schutz.

Im Nu war der Platz von den Polizisten umstellt, und man legte allen anwesenden Männern Handschellen an. Vorher hatte man natürlich den Onkel Gros-Cœur von seiner schweren Last befreit. Die anderen Männer wurden aufgefordert, in den vergitterten Wagen zu steigen. Die meisten Dorfältesten waren darunter, an der Spitze der Häuptling Mbaka, der die Aktion geleitet hatte. Ja, sie waren fast alle dabei. Und wenn ich einen einzigen Namen nenne von denen, die sich nicht unter den Gefangenen befanden, werdet ihr mich einen Lügner schelten. Und trotzdem ist es wahr, der Anstifter der ganzen Geschichte, der einzige unter uns, der je Gelegenheit hatte, dem berühmten Zauberfrosch zu begegnen, er, dessen gesegnete Phantasie die Leute glauben gemacht hatte, dieser Frosch habe die Züge des Onkels Gros-Cœur getragen, jawohl, König Salomo wurde bei dieser Razzia nicht abgeführt. Denn an diesem Tage hatte ihn seine außergewöhnliche Weisheit »krank, sehr krank« werden lassen, und er hatte sich zu Hause einschließen müssen während des unwürdigen Schauspiels, dem ihr soeben beigewohnt habt.

Die andern wurden vor den Richter geführt. Keiner von ihnen ließ sich überzeugen, daß er unrecht gehandelt habe, denn sie begriffen nicht, daß einer ihrer Brüder sich erdreisten dürfe, ungestraft ein ganzes Gemeinwesen auszulöschen. Der europäische Richter, der sie verhörte, wurde beinahe verrückt, als ihm die Geschichte von dem Zauberfrosch vorgetragen wurde.

»Die haben so etwas nicht in Europa«, erklärte mir König Salomo später.

Der Richter verurteilte sie zu vier Jahren Zuchthaus und bestimmte, daß sie ihre Strafe im Norden des Landes, in Mokolo, verbüßen sollten. Sie kamen fast alle dorthin, unsere Dorfältesten so gut wie die Männer aus den Nachbardörfern, unter denen ich nicht umhin kann, den Vater Agatha Moudios zu nennen.

7

Wenn das Schicksal die Menschen verhöhnen will, geht es nicht zimperlich mit ihnen um. Ihr hättet euch schnell von dieser Tatsache überzeugt, wenn ihr etwa ein Jahr nach dieser furchtbaren Geschichte in unser Dorf gekommen wärt. Denn dann hättet ihr festgestellt, daß die beiden angesehensten – das heißt die beiden ältesten – Männer, die uns nach der Deportation noch geblieben waren, König Salomo und Onkel Gros-Cœur waren. Wenn ich heute daran denke, muß ich mir die Seiten halten vor Lachen, denn ich sehe noch die Gesichter der beiden, als sie sich eines Tages auf der einzigen Straße des Dorfes begegneten. Da war also der König Salomo, der mit seiner wenig glaubhaften Geschichte von dem Zauberfrosch den Onkel Gros-Cœur beinahe in den Tod geschickt hätte, und der letztere, der sich aus Rachedurst geschworen hatte, keinem Menschen im Dorf je ein gutes Wort zu gönnen. »Ich gehe übrigens weg«, sagte er oft, »ich werde diesen verdammten Ort verlassen.« Aber er ging nicht weg, »denn«, so sagte er sich, »ich bin hier geboren, und schließlich habe ich auch in diesem Dorf viel für den Fortschritt getan.« Das war nicht zu bestreiten, er hatte sich wahrhaftig in vielen Dingen die europäischen Anschauungen zu eigen gemacht. Hört doch nur… Ein Dorf nicht verlassen, unter dem Vorwand, daß man schon viel für seinen Aufschwung getan habe… Das alles, weil er die Hälfte eines festen Hauses gebaut hatte – oder hatte bauen lassen –, das er bereits bewohnte in der Erwartung, daß die andere Hälfte schon noch das Haus vervollständigen werde… Die andere Hälfte! Seit einem Jahr stand der Bau still, seit der »Affäre«. König Salomo war tatsächlich dabei geblieben, nicht mehr für Onkel Gros-Cœur zu arbeiten, dem er vorwarf, einen Frosch zu besitzen, der anders war als die andern. Denn alles in allem blieb der königliche Baumeister davon überzeugt, daß kein gewöhnlicher Frosch in den Falten seines Jackenärmels etwas zu suchen hatte an jenem Tage, an dem nicht einmal ein Bach in der Nähe seines Arbeitsplatzes vorbeifloß. Und seither verweigerte er die Arbeit. »Sein Haus? Soll er es doch allein bauen!« hatte er gesagt. Und wenn man ihn fragte: »Aber, König, wenn du nicht arbeitest, wovon willst du dann leben?«, antwortete er ganz unbefangen: »In diesem Dorf sind alle Kinder meine Kinder, die werden mich schon nicht verhungern lassen, solange sie Arbeit haben.«

Und jetzt führte König Salomo ein ganz behagliches Leben, ohne sich die geringste Sorge zu machen – und jedes Kind des Dorfes (seine Kinder), das er um Essen und Trinken anging, beeilte sich, seinem Wunsch nachzukommen, zumal er allmählich für uns zum einzigen Ältesten, der uns geblieben ist, wurde.

Seit Dickys Tod waren wir alle überzeugt, daß Onkel Gros-Cœur ein furchtbarer Zauberer war, und wir fürchteten ihn, wie es sich gehörte. Denn es ist wahr, daß ein Dorf bei uns immer einen braucht, den man fürchtet, der von Kopf bis Fuß in das Geheimnis der schwarzen Magie verstrickt ist. Nun wißt ihr ja, daß Eya, der Mann der Mutter Bösblick, im Gefängnis saß, er, den einst alle fürchteten. Es war also dringend geboten, Eya durch einen andern zu ersetzen, und wer war besser dafür geeignet als Onkel Gros-Cœur? Glücklicherweise begnügte er sich mit der bloßen Versicherung, er werde »dieses verwünschte Dorf« verlassen, aber er verließ es nicht. Glücklicherweise, sage ich, denn sonst wäre uns nichts weiter übriggeblieben, als König Salomo für einen Zauberer ersten Ranges zu halten. Und ich gestehe, das wäre uns allen peinlich gewesen, denn der königliche Baumeister tragischer Geschichten sah gar nicht wie ein Hexenmeister aus.

Im Lauf der Zeit begann sich unser Dorf an sein neues Gesicht zu gewöhnen. Die Frauen waren es müde, ihren abwesenden Eheherren ewig nachzutrauern, und bald begannen sie, soweit sie noch nicht zu alt waren, sich eifrig mit liederlichen jungen Männern aus dem Dorf oder aus den Nachbardörfern zu trösten. Sie trieben den Skandal so weit, Kinder zu empfangen, denen man nachher durchweg den Namen Ebo gab, der »Gefängnis« bedeutet. Dieser Name wird die »Väter« ständig an die vier Jahre erinnern, die sie im Gefängnis verbrachten, während derer sie nicht einmal im Traum daran gedacht hätten, bei ihrer Rückkehr »eigene« Kinder vorzufinden. So ist das Leben. Aber ihr könnt meinen Worten getrost glauben, daß diese Schwangerschaften (oh, es waren nur drei oder vier) wiederum eine Ironie des Schicksals waren. Stellt euch vor, daß diese drei Damen mit ihren richtigen Männern noch nie ein Kind zuwege gebracht hatten. Man hatte oft die Mutter Bösblick verdächtigt, sie sei es, die die Frauen des Dorfes daran hinderte, zu empfangen. Und nun, in Abwesenheit der Männer und trotz ihrer steten Gegenwart, machten sich diese tapferen Frauen daran, Kinder zu gebären. Es war nicht zu fassen.

Fanny war immer noch bei Maa Medi, wo sie sich auf ihre künftige Hausfrauenrolle vorbereitete. Sie ging mit meiner Mutter früh aufs Feld, arbeitete mit ihr den ganzen Tag, sammelte noch dürres Holz und kehrte am Abend heim, ganz zerschlagen von der sengenden Hitze des Tages. Maa Medi lehrte sie auch kochen und nannte ihr meine Lieblingsgerichte:

»Wenn du einmal deinen Mann in Wut bringen willst, brauchst du ihm bloß Senegal-Maniok mit Salz vorzusetzen und zu erklären, es sei kein Fisch mehr im Haus.« Komischer Kochunterricht, werdet ihr denken, und trotzdem, meine Mutter hatte recht. Ich konnte es einfach nicht ausstehen, wenn kein Fisch da war, aus dem einfachen Grund, weil ich alle Tricks meines Berufs zu genau kannte, als daß es je daran fehlte. »Daß kein Fleisch mehr da ist, kann ich verschmerzen, ich bin kein Jäger. Aber daß der Fisch ausgeht...« Maa Medi gab Fanny auch alle möglichen Hinweise, wie sie ihren Mann bei guter Laune halten könne. »Wenn du den weißen Reis nicht richtig zubereitest, meine Tochter, wirst du wieder zu deinen Eltern zurückkehren müssen. Schlecht gekochten Reis kann mein Sohn nicht leiden. Aber wenn du bei mir bleibst, kannst du sicher sein, daß La Loi mit dir zufrieden sein wird.« So entdeckte Fanny allmählich, was für ein anspruchsvoller Mann ich war, was das Essen betrifft, und Maa Medi, die sie sehr liebhatte, brachte ihr bei, wie man mit schwierigen Ehemännern fertig wird. Als die Erziehung zur Hausfrau sich ihrem Ende näherte, ging Maa Medi zu König Salomo und erklärte ihm, sie wolle nun »ihrem Sohn seine Frau wiedergeben«. Der weise König riet ihr, alle Frauen des Dorfes einzuladen, »die das Herz auf dem rechten Fleck haben und ihren ehrlich gemeinten Worten Ausdruck geben können. Vor allem darfst du Mutter Bösblick nicht vergessen«, betonte er.

Die feierliche Handlung wurde auf den folgenden Sonntag angesetzt, »gleich nach der Ankunft der weißen Jäger. Solange sie im Wald sind, haben wir Ruhe im Dorf, und alles wird gutgehen.«

Maa Medi traf umfangreiche Vorbereitungen. Sie ließ sich von einer Freundin und einer meiner Tanten helfen, die eigens dazu aus dem Dorf meiner Mutter herüberkamen. An diesem Sonntag versammelten sich Frauen und Männer in meinem Haus. Onkel Gros-Cœur war nicht eingeladen worden, sowenig wie seine Frau, Tante Adele, die vor einigen Monaten (nach ihrer Flucht an jenem schrecklichen Morgen) ins Dorf zurückgekehrt war. Man fand, daß weder sie noch ihr Mann das Herz auf dem rechten Fleck hätten und daß keine Worte, denen sie Ausdruck gaben, ehrlich gemeint seien. Es war nicht das erste Mal, daß mir Fanny soviel Besuch ins Haus brachte, ihr braucht euch nur an die Nacht zu erinnern, in der sie sich hatte stehlen lassen. Auch heute herrschte derselbe Lärm wie in jener Nacht, trotzdem hörten wir die ersten sonntäglichen Schüsse knallen. Die weißen Jäger waren schon dabei, die Affen von den Bäumen zu holen. Diesmal mußten sie sich ohne Ekeke behelfen. Er konnte doch nicht fehlen, wenn Fanny ihren Einzug in mein Haus hielt! »Ich habe sie ja selbst geholt, da muß ich doch zusehen, wenn sie von ihrem Herd Besitz ergreift«, sagte er. Ich fand es ganz richtig, daß er meinetwegen die weißen Jäger versetzt hatte. Vielleicht brauchten sie ihn auch gar nicht an diesem Sonntag. Sie mochten sich an ihre Affen halten ... In einer Ecke des Raumes hatte man einige große Steine im Dreieck auf den Boden gesetzt und trockenes Holz dazwischen gelegt. Die gebündelten Reiser wurden zwischen den Steinen hindurchgesteckt und trafen sich in der Mitte des Dreiecks, das sie jetzt überragten. Fanny sollte zum ersten Mal im Leben das Feuer eines Herdes entzünden, der ihr gehörte und gehören würde, solange sie meine Frau war.

»Frauen und ihr, meine Kinder«, sagte nun König Salomo, indem er seine berühmte, ganz zerschlissene Khakijacke auszog, »wir sind hierhergekommen, um eine Frau unter dieses Dach treten zu lassen. Fanny, meine Tochter, du bist jetzt hier daheim. Als du vor einigen Monaten zu uns kamst – was sag' ich, einige Monate, dabei ist es heute schon über ein Jahr her –, da warst du noch ein Kind. Heute bist du ein Mädchen geworden, das imstande ist, einen Haushalt zu führen, du bist eine Frau. Du wirst künftig die Frau unseres Sohnes sein. Ich erkläre dir, daß dieser Mann, La Loi, dein Gatte ist, hör auf meine Worte! Ich möchte nicht, daß man mir eines Tages berichtet, du hättest dich ihm verweigert. Ich wiederhole: du hast hier nur einen einzigen Gatten und das ist La Loi. Dies ist dein Haus. Hier sollst du leben, arbeiten und Kinder gebären ...«

»Meine Tochter«, sagte Mutter Bösblick, »man verdächtigt mich bisweilen, für die Frauen dieses Dorfes ein böses Auge zu haben. Aber ich bitte dich, mir zu glauben, daß ich dich mit einem sehr liebevollen Auge ansehe, seit du zu uns gekommen bist. Ich wünsche dir, daß du mir weiterhin lieb und wert bleibst. Übrigens bin ich nicht die einzige, die meint, daß du eine Frau bist, die gerade in dieses Dorf paßt und nicht in ein anderes, wenn es auch anderswo reichere Leute gibt als hier. Reichtum ist nichts, meine Tochter. Daß man ein gutes Herz hat, das ist nötig im Leben. Du hast ein gutes Herz, und wir haben dich lieb, und du wirst sehr glücklich sein bei uns. Du wirst schon sehen. Höre nicht auf die bösen Zungen in diesem Dorf. Ich tue niemand etwas Böses. Ich habe kein Glück, alles fürchtet mich, als ob ich eine Hexe wäre. Ich kann niemand Böses tun. Lebe hier, arbeite für unsern Sohn, gib uns zu essen, wenn wir Hunger haben, und achte nicht auf die Geschichten, die dir zugetragen werden. Wenn du zum Brunnen mußt, hol dein Wasser und geh deiner Wege und mach das Essen für deinen Mann. Wenn du auf den Dorfklatsch hörst, dann wirst du ...«

»Frau«, unterbrach sie König Salomo, »jetzt ist es genug. Heute ist nicht der Tag für lange Reden. Die Frauen schwatzen zu viel. Wir wollen nicht bis morgen früh hier sitzen. Medi, gib deinem Sohn seine Frau, wie es sich gebührt. ›Zähl sie ihm in die Hand.‹ «

Da nahm Maa Medi Fannys rechte Hand in die ihre, und beide traten auf mich zu.

»Ha, ha, ha!« jubelte meine Mutter. »Nun sagt mir noch, daß ich ein armseliges Weib bin, sagt mir noch, daß ich nichts geleistet habe auf Erden, daß ich nichts auf der Welt habe! Sagt mir noch, daß ich nicht das Recht habe zu leben ... Nun, wer will sprechen?«

»Niemand«, antworteten die Frauen im Chor. »Niemand wird sprechen.«

»Wenn jemand etwas zu sagen hat, soll er sich beeilen. Ich aber zeige euch den Gegenstand meiner Freude. Seht euch die arme Frau an, die ein einziges Kind zur Welt bringt, ein einziges Kind, habe ich gesagt, wie ich euch einen einzigen Finger meiner Hand zeige. Und eines schönen Tages hat sie zwei Kinder bei sich, und alle beide sind ihre – ja, ihre eigenen Kinder! Wer von euch hat etwas zu sagen?«

»Niemand«, wiederholten die andern Frauen.

»Doch, ich habe etwas zu sagen«, ertönte eine unerwartete Stimme. Es war Tante Adeles Stimme.

Sie trat herein, gefolgt von ihrem Mann, dem »greulichen Hexenmeister«, dem Onkel Gros-Cœur.

»Auch ich habe etwas zu sagen«, erklärte mein Onkel. »Ich will sagen, daß alles, was ihr da macht, nicht gerecht ist. La Lois Hochzeit ist unser aller Hochzeit. Ihr habt kein Recht, sie zu feiern, ohne uns einzuladen. Salomo, mit dir wollte ich überhaupt nicht mehr reden nach allem, was du mir angetan hast. Aber was kann ich machen, du bleibst mein Bruder. Und überdies habe ich ein gutes Gewissen. Doch – etwas habe ich mir vorzuwerfen, aber nicht, daß ich ein Zauberer sei mit einem redenden Frosch. Nein, ich bin kein Magier. Was ich mir vorwerfe, ist, daß ich Vorteil aus der Tatsache gezogen habe, lesen und schreiben zu können, indem ich einem Fremden ein Stück Land verkaufte, das mir nicht gehörte, mir sowenig wie euch. Ihr habt mich hart gestraft. Ich glaube, es ist Zeit, daß diese Geschichte der Vergangenheit angehört. Daß sie uns nicht unser ganzes Leben lang begleite, wie der Tod immer und ewig den Menschen begleitet. Ich bin in diesem Dorf geboren und werde bis zu meinem Tod hier bleiben, und das heißt, daß man mich nicht vergessen soll in einem wichtigen Augenblick wie diesem, und daß man nicht vor mir flieht unter dem Vorwand, ich sei ein Zauberer mit einem komischen Frosch, den ich nie mit eigenen Augen gesehen habe. Ich habe also etwas zu sagen, bevor ihr La Loi seine Frau gebt. Salomo und ihr andern hier anwesenden Männer – und ich werde das vor der ganzen Gemeinde wiederholen, wenn unsere Brüder aus dem fernen Land zurückkehren, in das ›man‹ sie geschickt hat –, ich bitte euch um Vergebung für das, was ich getan habe… Und nehmt mich wieder bei euch auf…«

König Salomo wurde es angst und bange bei dem Gedanken, er könnte nicht die rechten Worte finden, um auf die unerwartete Rede gebührend zu antworten. Schließlich wußte er sich aber doch zu helfen und murmelte:

»Es ist wahr… Es ist wahr, diese Geschichte war der Anfang von allem. Du hattest uns behandelt, als ob wir Menschen zweiten Ranges wären, Menschen, die es nicht wert sind, ins Vertrauen gezogen zu werden, Menschen, denen ihre eigenen Angelegenheiten gar nichts angehen. Besonders das haben ich und auch die andern dir persönlich verübelt, Bruder Gros-Cœur. Aber das ist nun ... Das ist vergangen, nachdem du einsiehst, du selbst, daß du uns gegenüber nicht recht gehandelt hast. Der Allmächtige wird unsere Brüder bald zurückführen, und dann werden wir weiterleben, als ob nichts Ernstliches vorgefallen wäre. So ist das Leben, voller Fallstricke. Man muß aufrecht wandeln, ohne Rücksicht auf die Umstände, sonst strauchelt man und fällt. Wir haben es nicht verstanden, aufrecht zu wandeln, wir sind gestrauchelt und gefallen. Das ist alles, weiter habe ich nichts zu sagen über das, was geschehen ist ... Und schließlich, wenn ich noch hier bin und nicht mit den ›andern‹ abmarschiert bin, dann ist das reiner Zufall, sonst wäre ich auch in Mokolo ... Bleib bei uns, Bruder, bleib bei uns, und vergessen wir den ganzen Rest ...«

Die Frauen zerflossen in Tränen. Sie beweinten die Abwesenden, sie beweinten immer noch den armen Dicky, der gestorben war, um die schreckliche Geschichte heraufzubeschwören.

Aber an was für einer Krankheit soll er denn gestorben sein? Er strotzte doch von Lebenskraft! so fragte man sich. Denn wie die Dinge jetzt lagen, konnte man meinen Onkel Gros-Cœur nicht mehr verdächtigen, Dicky mit Hilfe eines seltsamen Frosches aus dem Wege geräumt zu haben.

Tante Adele wurde von den Frauen gleichfalls willkommen geheißen, und so konnte die unterbrochene Zeremonie ihren Fortgang nehmen.

»Du siehst, meine Tochter«, sagte Maa Medi zu Fanny, »du siehst, so leben wir in unserem Dorf. Wenn du eines Tages jemandem grollst, so darfst du ihn nicht ein Leben lang damit verfolgen. Es muß alles wieder in die rechte Ordnung kommen, sonst ist das kein Leben ... Und jetzt will ich dich deinem Mann zuführen. Komm.«

Sie nahm Fanny wieder bei der Hand, und beide traten auf mich zu.

»Steh auf, mein Sohn«, sagte sie zu mir.

Ich stand auf. Ich war ein Koloß gegen Fanny.

»Mach die rechte Hand auf und zeig sie mir«, befahl sie.

Ich führte den Befehl aus.

»Ihr alle, die ihr hier zugegen seid, wollt ihr, daß ich zähle?«

»Ja«, antworteten sie wie aus einem Mund.

»Daß ich zähle?«

»Ja.«

»Daß ich zähle?«

»Ja.«

»Nun denn«, sagte meine Mutter, »hier, La Loi, hier hast du deine Frau. Ich gebe sie dir einmal, zweimal, dreimal, viermal... Neunmal. Nimm sie. Und schau mich an. Schau mich genau an! Weiter habe ich dir nichts zu geben, nichts, weder in den Händen noch in den Augen noch an den Füßen noch an den Hüften! Nichts... Ich habe sie dir gegeben.«

Es war das Ende. Von nun an würde Fanny bei mir wohnen...

Meine Frau.

Zunächst entzündete sie ihr Herdfeuer, um die Gerichte zu wärmen, die man nicht gern kalt ißt. Und wir aßen und tranken unter endlosen Gesprächen und endlosem Gelächter. Und die kleine Fanny war dabei, voller Glück, die Herrin eines Hauses zu werden, das ihr gehörte, ihr! In einem Dorf, wo es sich schließlich ebenso gut leben lassen würde wie in ihrem eigenen Dorf da drüben, bei ihren Eltern.

Dieser Tag endete wie jeder Sonntag mit der Abfahrt der Weißen, die von ihrer Affenjagd heimfuhren. Unser Dorfsonntag hatte diese romantische Note nicht verloren trotz der Ereignisse, die uns seit Monaten in Aufregung gehalten hatten. Wie dem auch sei, heute nacht würde Maa Medi ruhig schlafen. Ihr Sohn war verheiratet, richtig verheiratet. Jetzt war nicht mehr zu befürchten, daß irgendein liederliches Mädchen auf der Bildfläche erschiene, Agatha Moudio oder eine ihresgleichen. Was meine gute, zärtliche Mutter dabei vergaß, war der Ausspruch, den sie einstmals selbst getan hatte, als es darum ging, mir »dieses verworfene Mädchen« auszureden. Denn was hatte sie mir gesagt? »Mein

Sohn, wenn eine Frau an einem Mann hängt, ist sie zu allem fähig, um ihn zu bekommen... Und Agatha hängt an dir«, hatte sie hinzugefügt. Die Zukunft war verhangen, niemand konnte mir sagen, ob Maa Medi recht hatte oder nicht. Jedenfalls war ich nun verheiratet, endgültig verheiratet, und die Pflichten, die mich jetzt erwarteten, lagen auf einer anderen Ebene als die bisherigen. »Das ist ein anderes Leben, weißt du«, hatte mir Maa Medi vorhergesagt.

Ein anderes... Und wieviel...

Bisweilen kamen Fannys Eltern zu mir, »um zu sehen, wie die Dinge liefen«. Ihre Besuche kamen mich teuer zu stehen, denn sie taten ihr Möglichstes, damit ich nur nicht auf den Gedanken käme, ich hätte mir Fanny geholt, wie ich jedes hergelaufene Mädchen hätte holen können. Nein, Fanny hatte das Haus der Eltern verlassen, um in meines zu treten, und dafür war ich allen Mitgliedern ihrer unübersehbaren Familie hundert- und tausendfältigen Dank schuldig. Und jedesmal, wenn sie kamen, bezeigte ich meine Dankbarkeit und überhäufte sie mit Geschenken. Um dies klarzustellen, hätte ich es nicht nötig gehabt, meine Dankbarkeit soweit zu treiben, denn ihr erinnert euch sicher, wie sich Njiba damals ausgedrückt hatte, als wir bei den Leuten in Deido um Fannys Hand für mich anhielten: »Wir schenken euch unsere Tochter, ihr bekommt sie umsonst«, hatte er gesagt. Aber freilich, seit dem Tag, da diese angebliche Schenkung ihr wahres Gesicht zeigte, war ich dazu verurteilt, jedem, der bei uns erschien und sich auf seine Zugehörigkeit zu Tangas Familie berief, Geschenke zu machen. Das sollte wohl mein ganzes Leben lang so weitergehen, doch davon durfte keine Rede sein. Denn diese erdrückende Last einer erzwungenen Großzügigkeit hat ihren Ursprung in einer Vergangenheit, die uns heutzutage nichts mehr zu sagen hat. Das meint auch Salomo jedesmal, wenn er mich daran erinnern will, daß ich ein Mann bleiben solle. »Du weißt, mein Sohn«, sagt er, »die Augen sollten niemals nach hinten blicken, denn der Himmel hat sie uns vorn ins

Gesicht gesetzt, damit wir betrachten, was vor uns liegt. Die Zeit kommt nicht von hinten auf uns zu, sondern von vorn. Dorthin mußt du deine Augen richten, wenn du ein Mann sein willst.« Ich habe König Salomo versprochen, seinem weisen Rat zu gehorchen, und habe meine Augen entschlossen auf die verhangene Zukunft gerichtet, welche die törichten Pläne der Menschen verlacht; sogar der Menschen in unserem Dorf…

8

»Fanny... Fanny... Fanny, wo steckst du denn?«

»Da bin ich, Mutter Bösblick. Ich habe dir gleich geantwortet, als du riefst, aber du hast mich nicht gehört. Da bin ich.«

»So, da bist du ja. Bleib stehen, rühr dich nicht von der Stelle, meine Tochter! Heute nacht habe ich von dir geträumt.«

Mutter Bösblick war so zeitig aufgestanden, um Fanny mitzuteilen, daß sie von ihr geträumt hatte. Sie wollte nicht zum Brunnen gehen, ohne zuvor mit Fanny zu reden. Wenn man von jemand geträumt hat, geht man nicht zum Brunnen, ohne ihm zuvor zu sagen, was man im Traum gesehen hat, ohne zuvor das Unerläßliche zu tun, um das Schicksal zu beschwören.

Mutter Bösblick hob einen glatten, runden Kieselstein auf und warf ihn auf Fanny zu. Das genügte. Die im Traum geschauten Geister würden Fanny jetzt nichts mehr anhaben können.

»Man darf sich über diese Dinge nicht hinwegsetzen«, sagte Mutter Bösblick. »Die Jugend von heute fängt schon an, die alten Überlieferungen zu mißachten, aber glaub mir, sie hätten sich nicht bis auf diesen Tag erhalten, wenn unsere Vorfahren nicht lange Zeit ihre Zuverlässigkeit erprobt hätten. Besuch mich einmal, ich hätte einiges mit dir zu besprechen.«

Wenn dich Mutter Bösblick frühmorgens besucht und dir sagt, daß sie von dir geträumt hat, und dich auffordert, sie zu besuchen, dann darfst du dich nicht zweimal bitten lassen. Denn wenn sie dich zu einer Unterredung unter vier Augen einlädt, zu einer Zeit, wo sie am Brunnen stehen müßte, um allen erreichbaren Klatsch zu sammeln und weiterzureichen, so mußt du wissen, daß sie dich schätzt und daß sie unter diesen Umständen nur dein Bestes im Auge haben kann. Es ist wahr: seit dem Tage, da mir Maa Medi meine Frau, ausgebildet und perfekt, zurückgegeben hatte, war es deutlich, daß Mutter Bösblick sie liebgewonnen hatte. »Um so besser«, hatte Maa Medi gesagt, »auf diese Weise läufst du nicht Gefahr, an eine unfruchtbare Frau zu geraten.« Denn ihr wißt, daß trotz ihrer langen Verteidigungsrede an jenem Tage ein jeder nach wie vor überzeugt war, daß die Geburten in unserem Dorf von dieser Alten geregelt wurden. »Aber«, hatte ich Maa Medi gefragt, »warum hat sie dann drei Frauen erlaubt, in Abwesenheit ihrer Männer zu empfangen?« Und meine Mutter hatte achselzuckend erwidert: »Warum, warum... Weißt du denn nicht, daß es ihr nichts ausmacht, ab und zu einen kleinen Skandal hervorzurufen?« Kleiner Skandal, hatte meine Mutter gesagt. Ich frage mich noch heute, wo die Grenze liegt zwischen einem kleinen und einem großen Skandal. Doch um mit Maa Medi zu reden, besser eine Frau, die natürliche Kinder schenkt, als eine, die überhaupt keine schenkt. Vielleicht wird es euch eines Tages beschieden sein zu erkennen, wohin eine solche Einstufung der Frauen einen Mann bringen kann. Aber kehren wir zu dem Morgen von Mutter Bösblicks Traum zurück.

Also Fanny war ihr im Traum erschienen. Fanny war in ernster Gefahr. Ein dickbäuchiger Mann, wie er in diesem Ausmaß nur in Träumen vorkommt, war ihr feind, und auf dem Weg zum Markt versperrte er ihr die Straße mit seinem ungeheuren Rumpf, so daß sie nicht weiterkonnte. Niemand wußte, wo dieser merkwürdige Mensch hergekommen war. Er glich niemandem in unserem Dorf (dem Onkel Gros-Cœur konnte er natürlich nicht gleichen, weil dieser ja neuerdings nicht mehr als Zauberer angesehen wurde). Es mußte jemand aus einem andern Dorf sein. Vielleicht aus Fannys Dorf? Das war gut möglich, wenn man bedenkt, welchen Groll »die da« gegen uns hegten wegen der Art und Weise, wie wir Fanny zu uns geholt hatten... Ohne etwas vorher davon zu sagen.

»Dieser dicke Mann, meine Tochter, wird dir nichts tun,

gar nichts, darauf kannst du dich verlassen. Sei ruhig, ich bin ja da, und ich bin mindestens ebenso stark wie diese Kröte.« Man pflegt bei uns zu sagen, daß Lügen kurze Beine haben. Die Richtigkeit dieses Wortes bezeugte Mutter Bösblick, ohne es zu wollen. Denkt doch nur daran, daß sie neulich bei uns gesagt hatte: »Ich bin keine Hexe, wenn auch die Leute Angst vor mir haben...« Und heute gestand sie Fanny, daß sie ebenso stark war wie »diese Kröte«, die sie im Traum gesehen hatte und die nichts anderes sein konnte als ein böser Zauberer. Fanny wurde angst, als sie Mutter Bösblick so reden hörte. Die sah ihr ihre Furcht an und sagte:

»Nein, ich tu dir nichts, meine Tochter, ich habe mir geschworen, dich zu beschützen, keine Angst, es geschieht dir nichts.«

Sie gingen zusammen in ihr Haus. Ein merkwürdiges Haus, mit einer ganz kleinen Tür und ganz ohne Fenster. Es war dunkel darin.

»Komm nur herein, meine Tochter«, sagte Mutter Bösblick. »Du sollst wissen, daß dieses Haus dein Haus ist... Wenn mein Mann zurückkommt, wird er dir das gleiche sagen.«

Fanny bezwang ihre kindliche Furcht und trat ein. Wovor sollte sie sich überhaupt ängstigen? Die Zauberinnen sind nicht böse, wenn sie sich als Freundinnen zeigen. Angst? Wovor? Sie trat ein, nicht ohne zuvor dreimal leicht auf die Schwelle von gestampfter Erde gespuckt zu haben. Dabei sagte sie leise vor sich hin: »Haus, Haus, ich trete unter dein Dach, aber mach mir kein Kopfweh.«

»Setz dich, meine Tochter, und hör mir gut zu. Ich hab' dir allerlei zu sagen. Du mußt es wissen. Es ist alles bereit. Setz dich nur!«

Fanny setzte sich auf eine Bank in der Dunkelheit, die noch dunkler wurde, nachdem Mutter Bösblick den einzigen Türflügel geschlossen hatte.

»Nimm dieses Kraut... Blase dreimal darüber. Gut. Und jetzt nimm es in den Mund und kaue es gut, wie wenn du ein ausgezeichnetes Stück Fleisch äßest. Kau nur gut... Ja, so. Jetzt schluck es hinunter, schluck es ganz. So ist's recht. Und jetzt nimm einen Schluck von diesem Wasser. Spül dir den Mund und spuck alles auf den Boden.«

Fanny gehorchte. Sie konnte nicht anders, sie glaubte nicht das Recht zu haben, anders zu handeln.

»Nachdem du das gegessen hast, meine Tochter, mag der dicke Mann machen, was er will, er wird keine Macht über dich haben. Du bist jetzt gegen jeden bösen Zauber gefeit. Aber es ist noch nicht zu Ende, denn jetzt müssen wir für deine Zukunft sorgen.«

»Wieso?«

»Ja, du weißt... Kleinigkeiten, an die man denken muß, wenn man eine jungverheiratete Frau ist und einen Mann hat, auf den auch andere Frauen ein Auge werfen könnten. Du bist deines Mannes nie ganz sicher, wenn du nicht gewisse Vorsichtsmaßregeln triffst. Und die nächstliegende besteht darin, die Augen aufzumachen. Wenn ich sage ›die Augen aufmachen‹, so meine ich das ganz wörtlich. Und um klar zu sehen, müssen deine weitgeöffneten Augen auch richtig sehen. Es gibt Leute, die sperren die Augen wer weiß wie weit auf und sehen trotzdem nicht, was um sie vorgeht. Und darum muß ich dir jetzt die Augen öffnen, meine Tochter. Und du weißt, wenn ich dir einen solchen Dienst erweise, so heißt das, daß ich dich liebgewonnen habe, mehr als jemand sonst dich je liebgewonnen hat, das sag' ich dir. Und nun bleib still sitzen und rühr dich nicht.«

Mutter Bösblick tappte durch die Finsternis, die sich nicht aufhellen wollte, und kehrte mit einem langen, flachen Stein zurück, den sie vor meiner Frau niedersetzte, dazu noch einen zweiten Stein, klein und oval. Diese zwei Steine, »Mutter und Tochter«, wie man bei uns sagt, dienen zum Zerkleinern von Erdnüssen und Nelkenpfeffer. Man legt die Kerne auf den langen Stein, die »Mutter«, und fährt mit der »Tochter« kräftig darüber, immer hin und her, bis alles zu Mehl oder Teig geworden ist. Mutter Bösblick legte ein Stück Baumrinde auf den »Mutterstein«.

»Ich kann dir nicht sagen, meine Tochter, von welchem Baum diese Rinde abgeschält worden ist. Das muß ein Geheimnis bleiben. Und jetzt reibe, reibe schnell, daß ich dir die Augen damit öffne...« Fanny machte sich daran, die Rinde zu zerreiben, während die Alte ein Bananenblatt, das sie zuvor an einer Flamme geschmeidig gemacht hatte, zu einem Trichter formte. Als Fanny fertig war, tat die Zauberin den Teig in den Trichter, den sie verschloß, indem sie den überstehenden Teil des Bananenblattes einklappte. Darauf erwärmte Mutter Bösblick das Ganze in der noch heißen Asche des erloschenen Herdes und trat zu Fanny.

»Mach das linke Auge auf!« befahl sie. »Das linke, habe ich gesagt. Ja, mach es nur weit auf.«

Damit ließ sie drei Tropfen in das geöffnete Auge fallen.

»Au! Das sticht ja! Das sticht!« rief Fanny. »Das zersticht mir ja das Auge!«

»Aber nein, meine Tochter, das wird dir im Gegenteil das Auge öffnen... Was gibt es da zu schreien? Meiner Treu, deine Eltern haben wohl gar nicht daran gedacht, das mit dir zu machen, bevor sie dich heiraten ließen? Sei doch kein Kind! Jetzt mach das andere Auge auf, flink, damit der Schmerz gleichzeitig aus beiden Augen vergeht.«

Fanny biß in den sauren Apfel. Sie schrie noch lauter, als sie die Tropfen spürte. Aber das tat nichts, denn jetzt waren ihre beiden Augen offen, weit offen, und sie konnte jetzt ruhig sein in der Gewißheit, daß sie es merken würde, wenn jemals eine andere Frau versuchen wollte, ihr den Mann abspenstig zu machen. Sollte ihr trotzdem dieses Mißgeschick zustoßen, dann »brauchst du nur zu mir zu kommen, und ich werde mich der Sache persönlich annehmen«, schloß Mutter Bösblick.

Dann nahm die alte Hexe eine Kalebasse, zog den Stöpsel heraus und neigte sie nach ihrer hohlen linken Hand. Es rann eine Handvoll gerösteter Erdnüsse heraus.

»Iß davon«, sagte sie, »und du wirst merken, daß sie anders schmecken als die gerösteten Erdnüsse, die du bei deinen Eltern bekommen hast. Ich habe sie heute morgen eigens für dich zurechtgemacht, nach einem Rezept, das ich dir eines Tages verraten werde, wenn du größer bist. Nimm diese Kalebasse mit, und jedesmal, wenn du schlecht geträumt hast, iß nach dem Aufwachen eine Handvoll Erdnüsse. Aber merk dir, niemand sonst darf diese Kalebasse anrühren. Hast du verstanden?«

Fanny versprach, daß niemand als sie selbst die Kalebasse anrühren werde. Aber es war noch nicht zu Ende. Mutter Bösblick zog eine Bank heran und befahl Fanny, sich darauf zu setzen. Dann holte sie eine alte, verrostete Rasierklinge, die vermutlich von ihrem Mann, dem alten Eya, stammte. Die Schneide flößte wenig Vertrauen ein.

»Jetzt muß ich dir das Blut reinigen, denn ich will, daß dein Lebensweg immer rein sei, damit du ihn furchtlos gehen kannst.«

Sie befahl Fanny, sich auszuziehen, was diese auch tat, obwohl der Anblick der Rasierklinge sie nur zur Hälfte beruhigt hatte. Dann brachte sie ihr in der Höhe der linken Rippen drei Schnitte bei, die ihr weh taten. Fanny weinte leise vor sich hin. Sie war außerstande, die Erklärungen der Zauberin richtig aufzunehmen.

»Wir leben in einer Zeit böser Schicksalsschläge«, sagte Mutter Bösblick. »Dank dieser ersten Wunde können sie dein Blut nicht treffen. Die zweite, meine Tochter, hat zur Folge, daß du jedermann liebst, und selbst deine Feinde werden betroffen darüber sein und nicht mehr daran denken, dir Übles zu tun. Und die dritte wird dich viele Kinder gebären lassen und dein Blut kräftigen, jedesmal wenn du ein Kind erwartest.

Und nun, hör zu, hör genau auf die Ratschläge, die ich dir jetzt gebe: Wenn du auf dem Weg Spuren von Urin siehst, dann schreite nicht darüber hinweg. Du würdest alle Krankheiten der Person erben, die dort ihr Wasser zurückgelassen hat. Noch mehr, alles, was ich dir heute morgen geschenkt habe, würde seine Kraft verlieren. Wenn du eine schwangere Frau erblickst, sieh sie nicht von der Seite an, aber wenn du eines Tages selbst schwanger wirst, sag es niemand als Medi, deiner neuen Mutter... Und mir. Denn ich muß es wissen, um dich zu schützen. Und ich wiederhole, sag es niemand sonst! Die Zeit ist vorbei, wo die Frauen all ihren Freundinnen erzählten, daß sie ein Kind erwarteten. Die heutige Zeit ist schlecht. Du mußt dich vorsehen. Wenn du jemand erzählst, daß du ein Kind in deinem Leib hast, dann kannst du sicher sein, daß es eine Fehlgeburt gibt. Sag es niemand! Ich bin noch nicht zu Ende. Wenn du auf dem Feld arbeitest und hörst eine unbekannte Stimme nach dir rufen, dann sieh dich nicht um, und vor allem gib keine Antwort. In den Wäldern wimmelt es von bösen Geistern, die auf arme Seelen lauern, um sie auf dem Sklavenmarkt von Kupe zu verkaufen. Schreib dir das hinter die Ohren! Und endlich, wenn du eines Tages merkst, daß du ein Kind erwartest, und es kommt ein alter Mann aus irgendeinem Dorf und bittet dich um Kochsalz oder Nelkenpfeffer, dann antworte ihm, daß die Männer ja nicht kochen und also auch weder Salz noch Nelkenpfeffer brauchen. Gib ihm nichts.

Das ist einer, der die Frucht davontragen will, die du in deinem Schoß trägst. Gib ihm weder Salz noch Nelkenpfeffer! Und jetzt, meine Tochter, zieh dich an und geh. Vergiß nichts von alledem, was ich dir gesagt habe. Für den Augenblick bin ich fertig, aber du mußt heute abend wiederkommen, kurz nach Sonnenuntergang.«

Als Fanny wieder draußen war mit ihrer Kalebasse und mit ihren Schnittwunden, die ihr weh taten, kam es ihr vor, als käme sie aus einer anderen Welt.

Was für ein Zauberspuk! dachte sie. Was für ein Zauberspuk!

Und doch wußte sie, daß alles, was Mutter Bösblick getan hatte, notwendig war. Sie konnte nicht in diesem Dorf leben und in aller Ruhe mit ihrem Mann Kinder in die Welt setzen, ohne daß jemand mit der Macht von Mutter Bösblick ihr half, mit den Schwierigkeiten des Lebens fertig zu werden. Die Mächte, die uns auf Erden umgeben, sind ja so stark! Wenn man das Glück hat, einen »Freund mit vier

Augen« zu besitzen, muß man sich glücklich schätzen. Mutter Bösblick hatte »vier Augen«, zwei, die jedermann sehen konnte, und zwei, die sie benutzte, um in die unsichtbare Welt der schwarzen Magie zu schauen. Sie und ihr Mann Eya waren dafür berühmt. Man behauptete, daß sie bei scheinbarer Armut über unvergleichliche Reichtümer verfügten, sobald die Nacht gekommen war, wenn sie mit den Zauberern, ihren Kollegen, zusammentrafen. In dieser seltsamen Welt der Zauberei sind die Schwarzen den Weißen weit überlegen und besitzen dann alles, was die letzteren im täglichen Leben besitzen... Und noch viel mehr, Schiffe, Eisenbahnzüge, Flugzeuge, Etagenhäuser und Gott weiß was alles. Das einzige Gesetz ihrer Welt lautet, daß sie ihr Wissen nicht preisgeben dürfen und niemand davon profitieren lassen, der nicht zu ihrer Bruderschaft gehört. Alles muß geheim bleiben, denn sonst wäre es ja keine Magie mehr, das versteht doch ein jeder.

Als Fanny am Abend wieder zu Mutter Bösblick kam, »kurz nach Sonnenuntergang«, war ein Abendessen für sie gerichtet. »Iß erst«, sagte die Alte, »das andere kommt nachher.« Eine Einladung zum Abendessen darf man nicht ablehnen. Fanny setzte sich also hin und griff mit Vergnügen zu, obwohl sie schon bei uns gegessen hatte. Danach kam man zu dem »anderen«. Mutter Bösblick entkleidete sie und sagte:

»Ich will dich waschen, damit du sauber ins Leben trittst.«

Sie führte sie hinter das Haus. Dort stand eine Schüssel, die in der dunklen Nacht weiß aussah und mit Wasser gefüllt war. »Das ist kein Wasser vom Dorfbrunnen«, bemerkte Mutter Bösblick. »Stell dich dorthin, ja, dort, und rühr dich nicht.« Dann zog sie trockene Rindenstücke hervor, ich weiß nicht woher, und warf sie in die Schüssel. Kurz darauf nahm sie etwas von dem Wasser in den Mund, daß ihr die Backen anschwollen, und spuckte dreimal nach Fanny, wie eine Elefantenmutter, die ihrem Jüngsten eine Dusche verabreicht. Darauf rief sie allerlei Götter an, um schließlich noch eine zweite Spuckdusche folgen zu lassen. Dann erklärte sie die Behandlung für beendet, und Fanny durfte sich waschen. Sie wusch sich vom Kopf bis zu den Füßen, um ganz rein ins Leben zu treten.

Danach rannen die Tage ins Land, einer ärmer an Ereignissen als der andere. Tage, Wochen, Monate. Und immer noch nichts Neues. »Merkwürdig«, sagten meine Mutter und Mutter Bösblick zueinander. »Merkwürdig, daß sie noch nicht von ihrem Kind gesprochen hat ... Worauf wartet sie denn noch?«

Worauf sie wartete? Ich weiß es nicht, aber ich kann euch versichern, daß sie keinesfalls ein Kind erwartete. Denn ihr wißt, daß ich bisher nicht die Absicht hatte, diesem kaum sechzehnjährigen Kind zu einem Kind zu verhelfen. Sie mochte meine Frau sein, gut, doch ich hatte sie bisher noch nicht als solche anerkannt. Sie muß erst größer werden, sagte ich mir jedesmal, wenn ich ein ernstlicheres Verlangen spürte, mich der Verführung einer Minderjährigen schuldig zu machen. Und dann ging ich »ein Stück spazieren«. So nannte ich das. Aber ich weiß schon, daß ihr euch gut denken könnt, wohin ich spazierte. Ja, ich kam nicht los von Agatha Moudio, möge Maa Medi mir verzeihen. Ich gebe zu, daß ich nicht recht wußte, wie ich mit ihr stand, denn seit ich »richtig« verheiratet war, hatte sie beschlossen, mir nicht mehr zu Willen zu sein wie früher, vor meiner Heirat, als sie die Torheit so weit getrieben hatte zu hoffen, sie werde ihr »Leben mit mir teilen«. Nein, sie hatte sich jetzt verändert, und das tat mir um so mehr leid, als mein Herz noch genauso für sie schlug. Zu manchen Zeiten gab sie sich sogar wieder ihren Sünden hin, mit tagelangen Aufenthalten in der Stadt, wo sie angeblich ihre Tante besuchte, was nach meiner Überzeugung nicht der Wahrheit entsprach. Ich wußte wirklich nicht, wie ich zu ihr stand. Tatsache ist, daß ich bei jeder Heimkehr vom Fischfang nur den einzigen Gedanken hatte, sie wiederzusehen. Ich war jedesmal traurig, wenn ich sie nicht zu Hause antraf. Überflüssig zu sagen, daß in unserem Dorf, wo man nichts verbergen konnte, mehr als einer wußte, daß ich Agatha Moudio immer noch besuchte. Nicht alle, wie ich wenigstens annehme, denn meine Mutter sah sich nie veranlaßt, mir wegen meines Betragens Vorwürfe zu machen, was sie bestimmt nicht unterlassen hätte, wenn ihr etwas zu Ohren gekommen wäre. Oh, sie hätte mindestens einen geschlagenen Vormittag die Hände zum Himmel gehoben und gebetet, daß andere Sonnenstrahlen meinen Lebenspfad erhellen möchten. Gottlob, Maa Medi wußte nicht, daß ich Agatha noch immer besuchte.

Aber unter denen, die es wußten, war Toko, einer meiner Freunde, die in jener Nacht Fanny gewaltsam entführt hatten. Toko nannte sich meinen Freund; auch ich sah ihn als solchen an. Trotzdem war er es, der sich beauftragt fühlte, meiner Frau mir nichts, dir nichts zu dem ersten Kind zu verhelfen. So sind sie, die Freunde und die Frauen. Während ich bei allen Göttern der Erde geschworen hätte, daß Fanny noch nichts vom Manne kannte, aus dem einfachen Grund, weil ich ihr seit unserer Hochzeit königlichen Frieden gewährt hatte, fing sie auf einmal an, fülliger zu werden, ohne mir ein Wort sagen – langsam, aber sicher. Freilich behielt sie das alles schön für sich, und jedermann wird das gut verstehen. Denn sie konnte Maa Medi oder Mutter Bösblick nichts sagen aus Furcht, daß ich es erführe; ich würde ihr gewiß den Kopf gewaschen haben. Und ich hätte gewichtige Gründe dafür gehabt, meint ihr nicht auch? Nun also, sie schwieg, und Toko fuhr fort, sie zu besuchen, jedesmal, wenn ich selbst bei Agatha war. Es gibt Situationen im Leben... Ich sagte eben, daß Fanny schwieg. Aber es ließ sich nichts verschweigen, denn die Schwangerschaft gleicht einem Jamswurzelsetzling. In den ersten Tagen sieht man gar nichts davon, aber je mehr Zeit vergeht, desto schneller schwillt die Knolle an, und bald hat sie die größte Mühe, sich unter der Erde zu verstecken. Aber wenn es sich um eine Schwangerschaft handelt, warten die Frauen keineswegs auf das Anschwellen des Bauches, um davon überzeugt zu sein. So fingen sie bald an, ihr Erstaunen auszudrücken, daß Fanny immer blasser wurde. Eine schwarze Frau, die blaß wird, das will schon etwas heißen! Und dann – pst! –, seit wann verbirgt man denn eine Schwangerschaft? Kurz, man kam Fanny bald auf die Schliche. Niemand war erstaunter als ich, als mich die Leute darauf ansprachen und mir einen Jungen wünschten. Eine schöne Geschichte... Mutter Bösblick erkundigte sich bei Maa Medi, ob Fanny ihr von ihrer Schwangerschaft Mitteilung gemacht habe.

»Ja, wann hat sie es mir gleich gesagt?« erwiderte meine Mutter ausweichend. Dann fügte sie hinzu: »Ja, wie ich dir schon neulich sagte, heutzutage machen die Mädchen alles ganz anders als zu unserer Zeit. Da erwartet die Schwiegertochter ein Kind und sagt einem kein Wort... Und auch ihr Mann rührt sich nicht... Dein eigener Sohn verschweigt, welche Freuden einem bevorstehen, und da müssen erst fremde Menschen kommen und einem beibringen, daß man in Kürze Großmutter wird...«

Trotz allem ließ meine Mutter es Fanny nicht entgelten, im Gegenteil, sie gab ihr alle erforderlichen Anweisungen, damit die Dinge einen guten Lauf nahmen.

Noch wußte sie nicht die ganze Wahrheit über diese Schwangerschaft – die Wahrheit, die mir selbst eben erst aufgegangen war. Erst Fannys plötzliches Verschwinden trieb mich dazu, Maa Medi alles zu gestehen. Bei dieser Eröffnung brach sie zusammen. Sie wurde krank.

»Wenn ich gewußt hätte, daß es dahin kommen würde, dann hätte ich mich niemals so ins Zeug gelegt wegen deiner Heirat... Herr mein Gott, warum hast du meinem Sohn dieses Mädchen Agatha über den Weg laufen lassen! Sonst hätte ich ihn nicht gezwungen, so Hals über Kopf diese leichtsinnige, scheinheilige kleine Fanny zu nehmen.«

Maa Medi weinte und weinte, und am Ende mußte ich sie noch trösten. Aber zunächst einmal mußten wir Fanny wiederfinden. Wenn eine Frau Fersengeld gibt, muß man sie zurückholen, denn sie gehört dem Dorf. Fanny hatte kein

Recht davonzulaufen, unter keinem Vorwand. Meine Freunde, soweit sie wirklich noch meine Freunde waren, halfen mir, sie wiederzufinden. Ebenso halfen sie mir, Toko auf den Platz zu verweisen, der ihm gebührte. Das bedeutete seinen unwiderruflichen Boykott. Niemand wollte den Liebhaber meiner Frau in seiner Bootsmannschaft haben. Toko mußte das Dorf verlassen, ohne daß jemand ihn dazu aufgefordert hätte. Er ging und kam niemals zu uns zurück.

Fanny hatte es jetzt schwer im Dorf. Das war nicht meine Schuld, ihr könnt es mir glauben. Ich tat vielmehr alles, um ihr die Last ihres schweren Leibes zu erleichtern. Aber in einem Dorf wie dem unseren tut man nicht ungestraft, was sie getan hatte. Es wurden Lieder auf sie gesungen und auch auf ihr Kind, mit Bosheiten gespickt, die selbst ich nur schwer ertragen konnte. Darin wurde ihr zum Beispiel ein Kind »ohne Kopf, Hals und Kinn« verheißen, was, nebenbei bemerkt, nur die Albernheit der Verfasser bewies.

Dann kam das glückliche Ereignis. Und wißt ihr, daß diese Leute von Deido, Fannys Verwandte, noch die Dreistigkeit hatten, in Scharen anzurücken, »um das Neugeborene zu begrüßen und unserm Dorf zu zeigen, daß es mit meiner Frau eine glückliche Wahl getroffen hatte, denn wir hatten eine Frau genommen, die Kinder gebären kann«? Wißt ihr, daß sie vor Freude über die Geburt des Kindes ganz außer sich waren und mich zwangen, ihnen eine Ziege zu bezahlen und Rotwein, um diese Geburt zu begießen?

»Und was ist mit dieser Geburt?« fragte ich Tante Adele, die eben aus der Wochenstube kam.

»Ein Mädchen, und es heißt nach mir«, erwiderte Tante Adele.

»Ein Mädchen? Und dafür wollen sie eine Ziege haben? Was hätten sie da erst verlangt, wenn es ein Junge geworden wäre!«

»Ja«, sagte meine Mutter, die eben herzutrat, »dann hätten sie sicher einen Ochsen verlangt... Ach, laß es gut sein, mein Sohn. Die Hauptsache ist, daß dir deine Frau ein Kind ›geschenkt‹ hat. Das mit der Ziege und allem andern ist nicht so eilig, darüber werden wir uns schon verständigen.«

Ihr seht, alle Welt, meine Mutter an der Spitze, betrachtete das neugeborene Kind als mein Kind. Niemand fragte danach, wer der wahre Vater sei, denn alle Welt wußte, daß Fanny meine Frau war, also konnte sie nur Kinder zur Welt bringen, die meine Kinder waren und nicht die eines anderen.

»Und außerdem, mein Sohn«, sagte König Salomo, »Kind ist Kind. Ein Kind, das ist vor allem das, was morgen sein wird. Ich wiederhole dir, deine Augen brauchen nicht zurückzuschauen, denn du hast sie vorn. Dahinter liegt der Ehebruch deiner Frau, über den kannst du hinwegsehen. Vor dir liegt das, was aus ›deiner‹ Tochter werden wird. Dorthin mußt du schauen...«

Ich sagte mir, wenn sich die Zukunft je rühmen konnte, von irgend etwas voll zu sein, dann war sie nur voll von allen möglichen Geheimnissen. Wie viele mochte sie noch für mich in Bereitschaft halten? Ich wußte es nicht. Aber ich beschloß, dem Rat des königlichen Baumeisters zu folgen. Ich wandte meine Augen, meine weitgeöffneten Augen, der Zukunft zu, in der kindlichen Hoffnung, zu erkennen, was die bewegten Fluten des Unergründlichen noch in ihrem Schoß bargen.

9

Es ist nicht wahr, ich hatte Maa Medi nicht alles gestanden, als ich ihr sagte, daß Fannys Kind nicht von mir war. Meiner Mutter alles gestehen? Ich dachte nicht daran, denn das hätte bedeutet, ihr zugleich meine eigene Untreue gegen Fanny einzugestehen. Untreue gegen Fanny? Mit wem? Mit Agatha? Meiner Mutter hätte ich das gewiß nicht erst zu erzählen brauchen. Die arme Frau wäre mir schrecklich böse gewesen. Daher hatte ich beschlossen zu schweigen. Fannys Kind war nun einmal da, und die Festlichkeiten aus Anlaß seiner Geburt waren vorbei. Das Leben nahm wieder einen gewohnten Verlauf.

Die Regenzeit war gekommen mit schweren Güssen und Gewittern, wie nur wenig Erdstriche sie kennen. Bei diesem Wetter konnte man unmöglich zum Fischen ausfahren. Die Leute lebten dann schlecht und recht von den mageren Ersparnissen, die sie in der schönen Jahreszeit hatten machen können, und von den Früchten der Ernte, die ihre Frauen einbrachten. Auch die Dorfstraße wurde zu einem lebenswichtigen Faktor unserer Wirtschaft. Sie brachte uns Geld ein während der Regenzeit, diese einzige Straße, die durch den ganzen Ort hindurchführte. Wohlberatene junge Leute halfen ihr, einen echten Nutzen abzuwerfen. Sie hatten bemerkt, daß der Schlamm, in den der Regen sie verwandelt hatte, ein ernstes Hindernis für die Wagen bedeutete. Die wenigen Autofahrer, die sich während des Tropenwinters in diesen Randbezirk von Duala wagten, erlebten es immer wieder, daß sie in einem bestimmten Moment steckenblieben. Dann baten sie die Dorfbewohner, ihnen herauszuhelfen. Bei uns sind die Leute hilfsbereit, aber es macht ihnen keinen Spaß, im Regen mit ihren nackten Füßchen im Schlamm herumzuwaten. Daher ließen sie sich von den unvorsichtigen Fahrern erst regelrecht bitten und waren nur gegen Bezahlung zur Hilfe bereit. Und zwar zu gesalzenen

Preisen. So waren sie dahintergekommen, daß diese Straße, die »von selbst bei ihnen entstanden war«, sich gut verwenden ließ, die Einwohner zu ernähren während der Zeit, da die Regen sich über das Land ergossen und die anständigen Leute hinderten, anständigeren Beschäftigungen nachzugehen. Daher machten es sich die wohlberatenen jungen Leute zur Pflicht, den Schlamm der schlechten Jahreszeit zu erhalten. Des Nachts zogen sie kreuz und quer Gräben in die Straße, die sie geschickt mit Erde ausfüllten, und am Morgen bot sich den Fahrern das friedliche und einladende Bild eines sauberen, gut unterhaltenen Fahrweges, doch die arglos daherrollenden Wagen versanken im Schlamm, und den Fahrern blieb nichts andres übrig als zu zahlen – kräftig zu zahlen –, wenn sie wieder herauskommen wollten.

So brauchten wir jetzt dem Winter nicht mehr mit den Ängsten von früher entgegenzusehen, wo wir uns überlegen mußten, ob die Rücklagen und Vorräte für die Zeit der Arbeitslosigkeit ausreichen würden. Und wir segneten die Straße dafür, daß sie ganz von selbst entstanden war, ohne uns nach unserer Meinung zu fragen. Denn ich brauche nicht erst darauf hinzuweisen, daß nicht wir sie gebaut hatten, sondern die hochmögende Verwaltung. Wenn ich heute diese Straße als ein Zeichen des Fortschritts preisen höre, frage ich mich, ob die Leute sich der Richtigkeit ihrer Behauptung in vollem Umfang bewußt sind.

Aber unserm Dooh brachte der Übereifer, mit dem er sich dieser Dorfstraße angenommen hatte, das Gefängnis ein, nachdem er ihm zuvor viel Geld eingebracht hatte. Und das geschah auf die überraschendste Weise. Eines schönen Morgens saß ein schönes blaues Auto im Schlamm. Sogleich stürzte die Menge herbei, und die freiwilligen Helfer nannten ihren Preis für die Mühe des Herausziehens. Dooh war der Anführer dieser Hilfstruppe. Im Wagen saß ein schwarzer Chauffeur. Man einigte sich schnell, und dann machten sich die freundlichen Helfer ans Werk. Der schöne blaue Wagen kam langsam aus dem

Schlamm, erreichte festen Boden und setzte seinen Weg fort... Bis zum Nachbardorf, wo der Motor plötzlich verstummte.

»Merkwürdig«, sagte einer aus der Menge, »ich würde sagen, daß es der Wagen eines unserer Sonntagsjäger war.«

»Freilich, freilich, er gehört dem Weißen, der den Mund voller Gold hat«, erwiderte ein andrer.

»Stimmt, das letzte Mal hat er ihn selbst gefahren. Das muß sein Chauffeur sein. Aber was in aller Welt will der denn in Bonakame? Er stammt doch gar nicht von hier.«

Eine halbe Stunde später fuhr der Wagen durch das Dorf zurück und saß natürlich abermals hilflos fest. Und da bemerkten die Leute, die sich um ihn zu schaffen machten, im Innern des Wagens – Agatha. Da saß sie, in einem der hübschesten Kleider, in denen ich sie je gesehen hatte. Sie saß auf dem Rücksitz. Sie war schön, schön wie der strahlende Tag. Aber was in aller Welt hatte sie da zu suchen?

»Sieh mal an, Agatha«, sagte Dooh. »Also du bist das, unsere Schwester, die da im Wagen eines Weißen spazierenfährt? Du kennst wohl gar den Besitzer?«

Und die Menge brach in ein spöttisches Gelächter aus, das kein Ende nehmen wollte, bis Agatha die Fassung verlor und wütend schrie:

»Was kümmert es euch überhaupt, ob ich den Besitzer des Autos kenne oder nicht? Ihr mischt euch da in Dinge, die euch gar nichts angehen. Wollt ihr wissen, wohin ich fahre? Also gut, ehe ihr euch lange den Kopf zerbrecht, ich fahre zu dem Besitzer dieses Wagens. Seid ihr jetzt zufrieden?«

Nein, ich war durchaus nicht zufrieden. Ich hatte Agatha am Abend vorher getroffen, und sie hatte mir kein Wort gesagt, daß sie am nächsten Tag in die Stadt fahren würde, und da saß sie nun in einem schönen blauen Auto, und sie hatte die Stirn, von selbst und vor aller Welt zuzugeben, daß sie zu dem Besitzer des Wagens fuhr!

»Agatha!« rief ich. »Du fährst nicht dorthin! Ich verbiete es dir!«

Sie sah mich an und suchte nach einer Antwort. Aber in diesem Augenblick trat Maa Medi dazwischen.

»Sohn, mein Kind«, sagte sie, »was mischst du dich hier ein? Laß doch diese Verlorene abfahren in ihrem Wagen. Sie soll gehen, wohin sie will, was hast du damit zu tun? Sie ist nicht deine Frau, und du wirst dich nicht beschmutzen, indem du das Wort an sie richtest...«

»Jetzt ist es aber genug, Mutter«, sagte ich mit steigendem Zorn. »Jetzt ist es genug, sag' ich dir! Immer müßt ihr auf diesem Mädchen herumhacken! Sie ist nicht...«

»Laß sie sagen, was sie wollen, La Loi, laß sie reden. Kümmere dich nicht um mich. Du hast doch gehört, was deine Mutter gesagt hat? Ich bin eine Verlorene. Geh, kümmere dich nicht um mein Leben.«

»Dooh! Dooh! Wirst du gleich aufhören, den Wagen anzuschieben? Sonst schlage ich ihn in tausend Stücke!«

Das hatte ich nicht gesagt, sondern hinausgeschrien. Dooh wußte, was das bedeutete, er wußte, daß ich in Wut war, und er hatte kein Interesse daran, sich mir zu widersetzen. Maa Medi machte noch einen schwachen Versuch, mich zurückzuhalten – umsonst. Da ging sie weinend davon und jammerte, daß der Himmel sie ungerechterweise mit einem so fürchterlichen Sohn gestraft habe, der ihr nicht einmal die Schande erspare, vor aller Welt ungehorsam zu sein. Dooh und seine Leute hörten notgedrungen auf, den Wagen herauszuschieben.

»Dooh«, sagte Agatha, »wenn du den Wagen nicht augenblicklich weiterschiebst, werde ich der Polizei sagen, daß die Löcher in der Straße von dir gegraben worden sind, damit die Autos nicht hindurch können ohne zu zahlen. Ich sag's dir nochmals, ich zeige dich an, wenn du dich nicht eines Besseren besinnst, hörst du?«

Ein Murren lief durch die Menge. Sie verabscheuten Agatha seit jeher wegen all ihrer Charakterfehler, und nun erwies sie sich auch noch als armselige Denunziantin! Aber die Drohung war sehr ernst zu nehmen, um so mehr, als Dooh und seine Männer das für die Dienstleistung geforderte Geld schon eingenommen hatten. Dooh sah mich schmerzlich an, als wolle er sagen: Bruder La Loi, ich wäre dir so gern gehorsam, aber du hörst, was die Kleine sagt, du siehst, in welcher Lage ich bin. Ich möchte doch nicht gern ins Gefängnis wandern... Und sie fingen wieder an zu schieben. Ich war schon drauf und dran, die eine Hintertür aufzureißen, um Agatha aus dem verdammten Wagen herauszuziehen, als mich eine Hand hart auf die Schulter schlug. Ich wandte mich um. Vor mir stand König Salomo.

»Gib jetzt Ruhe, Sohn, oder ich werde dir vor aller Welt eine exemplarische Lektion erteilen«, sagte er ernst.

Ich war stärker als König Salomo, er aber, kraft seines Ranges als Dorfältester, hatte über mein Handeln zu bestimmen, und niemand hätte es mir verziehen, wenn ich mich ihm auch nur einen Augenblick widersetzt hätte. Ich wurde sofort zum kleinen Jungen, ganz wie damals, als der König selbst oder andere Älteste mich auf den Schoß nahmen, um mit mir über meine Zukunft zu reden. Ich sagte nichts. Ich hatte nichts zu sagen. Ich schloß mich in meinem Hause ein, während das schöne blaue Auto Agatha nach der Stadt entführte. Ich glaubte, vor Gram vergehen zu müssen. Meine Frau, die kleine Fanny, tat ihr Bestes, um mich zu trösten. Am Ende sah sie mir tapfer in die Augen und fragte:

»Wenn du sie liebst, weshalb heiratest du sie nicht?«

»Ich habe schon daran gedacht«, erwiderte ich ihr mit der gleichen Offenheit, »aber meine Mutter kann sie nicht ausstehen. Wenn du Maa Medi überzeugen könntest...«

In diesem Augenblick begriff ich, daß ich auf Fannys Hilfe rechnen konnte, und schöpfte neue Hoffnung. Vielleicht würde ich doch eines Tages der Mann Agatha Moudios werden. Obwohl sie moralisch nichts taugt, dachte ich, aber wie viele Menschen gibt es schon, die etwas taugen...

Am nächsten Tag kam die Polizei und verhaftete Dooh. Nein, nicht Agatha hatte ihn angezeigt, wie alle bei uns dachten, sondern der Chauffeur des schönen blauen Wagens. Er hatte seinem Chef das Mißgeschick erzählt, und die Folge war Doohs Verhaftung. Außerdem wurde unser Dorf nach diesem zweiten Vorfall von dem Kolonialbeamten, dem wir unterstanden, auf die schwarze Liste gesetzt. »Mit diesem Dorf hat man nichts als Scherereien«, schrieb er in seinem abschließenden Bericht über seine »Tätigkeit im eroberten Gebiet«. Und das Ende vom Lied? Unserem Dorf wurde eine der ersten geteerten Straßen von Duala zuteil! Mit diesem Wahrzeichen des Fortschritts erreichten wir den aktiven Abschnitt unseres Lebens, den Abschnitt, in dem nur ehrliche Arbeit die ehrlichen Leute am Leben erhält.

Ich hatte Maa Medi nicht alles gestanden, als ich ihr zu verstehen gab, daß Fannys Kind, das einige Monate später zur Welt kommen würde, nicht von mir abstamme. Aber jetzt, nachdem das kleine Mädchen geboren war und so viele Dinge geschehen waren, meinte ich, es mir erlauben zu können, Maa Medi die ganze Wahrheit zu sagen. Der Zwischenfall an jenem Morgen sowie die Güte meiner Frau machten mir Mut, meiner Mutter die Stirn zu bieten. »Weißt du«, sagte ich, als wir bei ihr zusammen zu Abend aßen, »weißt du, du mußt mir schon verzeihen, daß ich dich neulich so angefahren habe. Du bist der einzige Mensch auf der Welt, der mir wirklich verzeihen kann. Der Zwischenfall tut mir wirklich leid, aber du mußt auch verstehen, daß ich jetzt erwachsen bin...«

»Erwachsen! Erwachsen!« unterbrach sie mich. »Du bist also erwachsen geworden, während ich dich immer noch als kleinen Jungen sehe, ganz klein, als hätte ich dich gerade erst geboren. Du bist erwachsen geworden und kommst nicht einmal mit deiner Frau zurecht, einer Frau, die dafür geschaffen ist, dir Kinder zu schenken...«

»So gut imstande, sie mir zu schenken, daß sie es sogar ohne mein Zutun fertigbringt!« erwiderte ich. »Du mußt zugeben, daß das allerhand ist...«

Die Unterredung brachte uns nicht weiter. Jeder blieb

auf seinem Standpunkt, und keiner dachte daran, weder sie noch ich, ihn preiszugeben. Es war das erste Mal, daß wir zum Schluß nicht einig wurden.

Er hat sich entschieden geändert, dachte Maa Medi, mein kleiner Junge von damals hat sich geändert.

Diese Erkenntnis tat ihr weh. Auch mir war es schmerzlich, ihr nicht folgen zu können, aber ich spürte zu deutlich, daß das Recht auf meiner Seite stand. Warum bestand sie darauf, mich als den kleinen Jungen von früher zu sehen? Das mußte ein Ende nehmen. Ich fand, daß ich nun lange genug gehorcht hätte und daß es Zeit für mich wurde, meine eigenen Entschlüsse zu fassen.

Obwohl mein erster Entschluß ausgerechnet war, Agatha zu heiraten, brachte ich es doch nicht übers Herz, gerade dies ohne die Einwilligung meiner Mutter zu tun. Was war da zu machen? Ich beschloß, zu König Salomo zu gehen.

»Sohn, du wirst deine Mutter umbringen, wenn du das tust«, sagte er, als ich ihm mein Vorhaben im einzelnen dargelegt hatte.

»Ich riskiere nur, mich mit ihr zu überwerfen«, sagte ich, »aber sterben wird sie nicht daran. Du weißt doch, daß sie Fanny sehr liebhat, und Fanny hat mir versprochen, sich bei ihr für diesen Plan zu verwenden.«

»Ich bleibe dabei, Sohn, daß du deiner Mutter großen Schmerz bereiten würdest, wenn du dieses Mädchen heiratest. Überdies – wer in diesem Dorf würde es dir verzeihen, ein Mädchen zu nehmen, das eine solche Vergangenheit hat und unserem Dorf soviel Unbill bereitet hat, indem es Dooh einsperren ließ...«

»Das war nicht Agatha! Die ist gewiß imstande, allerlei peinliche Geschichten weiterzuerzählen, aber nie würde sie Dooh angezeigt haben, daß der Löcher in die Straße macht, um die Autos an der Weiterfahrt zu hindern... Nein, das würde sie nie tun.«

»Du scheinst sie ja sehr genau zu kennen, Sohn. Dann hast du mir wohl nicht alles gesagt, was ich wissen müßte, bevor ich mit deiner Mutter rede? Also vorwärts, erzähle! Erzähl mir alles!«

Ihm alles erzählen? Das war zumindest schwierig... Aber ich tat es, denn er sollte genau Bescheid wissen, wenn er mit Maa Medi spräche. Als ich geendet hatte, klopfte mir der königliche Baumeister augenblinzelnd auf die Schulter. Er war jetzt im Bilde. Am nächsten Tag ging er zu Maa Medi. Aber er vermochte ihr nicht begreiflich zu machen, daß gegen die Liebe kein Kraut gewachsen ist.

»Denn vielleicht bildet er sich nur ein, daß sie ihn liebt«, sagte meine Mutter. »Daß ich nicht lache! Sie liebt ihn, sie liebt ihn dermaßen, daß sie alle Tage in der Stadt herumflaniert, ich möchte wissen, wozu... Sie liebt ihn dermaßen, daß sie in schöne Wagen steigt, die weiße Männer herausgeschickt haben, man braucht nicht lange zu fragen, wozu. Nein, König, ich denke, du solltest da noch ein bißchen nachhelfen.«

»Frau, ich stimme mit dir darin überein, daß dieses Mädchen sich nicht erfreulich aufführt, weit davon entfernt. Aber vielleicht würde sie dann eine andere Frau, vielleicht sogar ein Ausbund an Tugend.«

»Und sie würde einherwandeln, gebeugt unter dem Gewicht der Schlüssel zum Paradies«, warf Maa Medi ein. »Gewiß, in den alten Zeiten hat es das gegeben, aber heute bekommt man das nirgends mehr zu sehen, und in unserem Dorf schon gar nicht. Und außerdem, König, wem willst du die Schande zumuten, eine Schwiegertochter zu haben, die schon vor der Zeit ihre Erlebnisse gehabt hat, vor aller Augen, und die sich nun bei meinem Sohn einnisten will, weil kein anderer sie mehr nimmt? Mir vielleicht?«

»Ich weiß, ich weiß, du hast Angst vor dem, was die Leute sagen werden. Aber du mußt wissen, was in La Loi vorgeht. Er findet, daß er für sein Alter nun oft genug gehorcht hat. Gib doch zu, daß das stimmt! Hat er nicht widerspruchslos eine Frau geheiratet, die wir ihm aufgedrängt haben?«

»Nicht wir haben sie ihm aufgedrängt, sondern sein Vater, der es so beschlossen hatte, und ich meine, er hatte das Recht, über die Zukunft seines Sohnes zu verfügen. Ein braver Junge hat sich nicht zu widersetzen, wenn seine Eltern sein Glück im Auge haben!«

»Gut, er hat sich nicht widersetzt. Er hat dieses Mädchen genommen, obwohl er sich bestimmt viel lieber eine andere Lebensgefährtin ausgesucht hätte. Er hat also gehorcht, wie es einem braven Jungen ansteht. Dagegen hat man ihm bisher alles verweigert, worum er bat, als hätte er nicht das Recht, auch einmal etwas zu wünschen. Das ist nicht in Ordnung, Medi, wir können unsern Sohn nicht ewig wie ein Kind behandeln. Er ist in dem Alter, wo der Mann sich bestätigt sehen will, so oder so... Sag doch, was wäre dagegen einzuwenden, wenn er zwei oder mehrere Frauen hätte? Er ist kräftig, mutig, er würde schon mit zwei Frauen fertig werden, meinst du nicht?«

»Zwei Frauen? Warum nicht – obwohl ich die Notwendigkeit in diesem Fall nicht recht einsehe. Was ich aber absolut nicht einsehe, ist, daß er sich als zweite Frau so eine Salondame holt. Er mag nehmen, wen er will, bloß nicht diese Agatha Moudio... Dabei ist mir immer noch nicht klar, was eine zweite Frau hier soll. Ein Mann nimmt eine zweite Frau, wenn er feststellt, daß er mit der ersten kein Kind zeugen kann, oder wenn er sieht, daß sie ihm keinen Sohn schenken kann. Das müssen wir erst abwarten. La Loi hat ja eben erst geheiratet, und Fanny hat ihm schon eine Tochter geschenkt. Sie ist nicht unfruchtbar. Außerdem, sieh dir doch ihre Mutter an, sie hat sieben Kinder, Jungen und Mädchen...«

»Frau, alle deine Gründe sind gut. Ich will dir nicht unrecht tun. Aber du mußt die Dinge sehen, wie sie sind. La Loi liebt ein Mädchen, und nach unserer Meinung ist es ein liederliches Mädchen. Aber er liebt sie nun einmal und will sie heiraten. Er hat uns sogar seine Achtung bezeugt, indem er ein Mädchen heiratete, die wir ihm praktisch aufgezwungen haben. Aber nun ist die Reihe an uns, ihn als Persönlichkeit zu respektieren und seinen freien Entschluß zu achten, Agatha zu heiraten ...«

»Wen zu heiraten? Das mußt du zweimal sagen!«

»Ich habe Agatha gesagt, Agatha Moudio.«

»Niemals, König! Ich sage dir, niemals wird er sie heiraten, oder ich bin nicht mehr seine Mutter! Was? Diese Person, die nicht nur tut, was ihr in den Sinn kommt, sondern die sich mehr und mehr wie eine weiße Frau aufführt ... Mit Kleidern, die überall ›offen‹ sind, als wolle sie aller Welt ihren Körper zeigen! Wenn sie die Frau meines Sohnes wird, dann wird sie ein armes Weib wie mich gar nicht bei La Loi sehen wollen ... Und sie wird ihre Hände nicht gebrauchen wollen ... Hat man je eine solche Frau auf dem Feld arbeiten sehen oder auch nur Wasser holen für ihren Mann? Nun sag noch ein einziges Mal, daß La Loi ein solches Geschöpf heiraten soll, und ich werde immer wiederholen, daß ich nicht mehr seine Mutter sein will, wenn er das gegen meinen Willen tut.«

»Frau«, sagte König Salomo zum Schluß, »glaube nur nicht, daß ich La Loi ermuntern will, eine zweite Frau zu nehmen und am wenigsten diese, die wir alle nicht ausstehen können. Nur mußt du dir darüber klar sein, daß es in solchen Dingen nicht immer möglich ist, den eigenen Sohn zur Vernunft zu bringen.«

Damit ging er.

Ich aber ging zu Agatha, um sie um Aufklärung zu bitten. Ich traf sie in allerübelster Laune an.

»Wenn du so bist wie alle bei euch und denkst, ich sei eine H ..., dann frage ich mich, was du überhaupt bei mir suchst. Als ich mich dir angetragen habe, hast du nichts von mir wissen wollen. Du hast lieber auf deine Mutter und eure Dorfältesten gehört. Jetzt tu ich in der Sache nur noch, was mir paßt.«

Es war klar; Agatha hatte die Hoffnung aufgegeben, daß ich sie eines Tages heiraten könne. Ich ging nach Hause und bat Fanny, sich in dieser Sache nicht mehr bei meiner Mutter zu bemühen. Dann machte ich mich daran, mein

Wurfnetz zu flicken, das an mehreren Stellen zerrissen war. Die Zeit der Küstenfischerei stand vor der Tür, ich mußte mich bereithalten.

So verging ein Monat, in dem die Stimme meines Herzens schwieg, wenn ich an Agatha dachte. Sie schien verstummt. Aber dieses Herz... Wenn es nicht redet, offenbart es sich auch nicht. Eines Abends – ich hatte es schon lange aufgegeben, mich nach ihrem Ergehen zu erkundigen – erschien Agatha bei mir, um einmal zu hören, so sagte sie, warum ich »endgültig verschwunden« sei, und auch, um einige kleinere Geschenke für das Kind zu bringen. Sie entschuldigte sich bei Fanny, daß sie nicht schon früher gekommen sei. »Ich bin in diesem Dorf so unbeliebt, daß ich immer auf der Hut sein muß vor dem, was sie nachher sagen werden...« An diesem Abend sprach Agatha von allen möglichen Plänen, und daß sie weit fortreisen und lange fortbleiben wolle in der Hoffnung, in ihrem Dorf, bei ihren Eltern, in unserem Dorf, kurz bei jedermann in Vergessenheit zu geraten.

»Du fährst doch nicht in ein sehr fernes Land?« warf ich ein.

»Gerade das«, erwiderte sie. »Ich bin gekommen, dir Lebewohl zu sagen, denn ich reise morgen ab. Ich... Ich wollte gern deine Meinung darüber hören... Ob du willst, daß ich reise oder nicht.«

Ich ließ mich fangen, ich zeigte Agatha deutlich, daß mich diese Abreise verdroß. Ich frage mich heute noch, warum diese Reise mich verdrießen sollte, denn um die Wahrheit zu sagen, Agathas Handlungsweise, noch in letzter Zeit, hatte mir einen tiefen Widerwillen gegen sie eingeflößt.

»Nein«, sagte ich, »bleib in deinem Dorf. Du weißt doch, daß dein Vater bald aus dem Gefängnis zurückkommt. Er wäre todunglücklich, wenn er dich nicht mehr vorfände.«

»Mein Vater? Dem ist das völlig egal, ob er mich vorfindet oder nicht, das weiß ich genau. Wenn er mich bei der Heimkehr noch so liebt wie vorher, dann wüßte ich nicht, wieso mein Verschwinden ihm die Freude verderben sollte, seine Leute wiederzusehen. Nein, das würde mich keinen Augenblick zurückhalten. Mir kommt es im Augenblick auf die Meinung eines Menschen an, der mir viel wichtiger ist als mein Vater. Also entscheide dich… Soll ich morgen abreisen?«

Ich begriff. Wie hätte ich nicht begreifen sollen! Es war eine regelrechte Liebeserklärung, die mir die schöne Agatha machte. Fanny blinzelte mir zu. Auch sie hatte verstanden. Ich sah ihren Blick, und dieser Blick sagte ganz deutlich: »Vorwärts, warum willst du eine solche Gelegenheit vorübergehen lassen? Sei vernünftig! Eine Frau, die daherkommt und dich bittet. sie zu nehmen – darüber bist du dir doch klar –, vergeht vor Liebe nach dir.«

Ich begriff. Ich sah Agatha voll ins Gesicht.

»Hör zu«, sagte ich. »Maa Medi will von unserer Heirat nichts wissen, und ich würde niemand auf meiner Seite haben, wenn ich meinen Plan der Öffentlichkeit zur Genehmigung vorlegte… Niemand, König Salomo vielleicht ausgenommen. Auch er schätzt dich nicht besonders, aber er ist ein vernünftiger Mann, und jedenfalls habe ich ihm nichts verschwiegen. Er weiß alles, was zwischen uns gewesen ist. Und dann ist noch Fanny da. Sie wünscht dir nichts Böses, im Gegenteil. Wir beide wollen nicht, daß du morgen fortgehst… Noch übermorgen.«

»Ja, das ist wahr«, sagte Fanny. »Wenn wir nicht nach den andern zu fragen brauchten, könntest du jederzeit bei uns einziehen. Aber vor allem darfst du nicht abreisen.«

Dann wandte sich Fanny wieder ihrer kleinen Adele zu und sang ihr Wiegenlied, damit sie einschlafe. Es war schon spät geworden.

»Danke«, sagte Agatha. Dann ging sie.

Noch in dieser Nacht ging Mutter Bösblick zu Maa Medi.

Sie erzählte ihr alles, was sie gesehen hatte (sie sah alles in unserem Dorf), und daß seltsame Dinge im Werden seien, und versprach, die Augen offenzuhalten. Dann ging sie heim und schwor sich, wenn »ihr Sohn« es sich einfallen ließe, ihr »einen solchen Possen zu spielen, so würde sie den Schwangerschaften meiner beiden Frauen den Lebensfaden abschneiden«.

Nur die schweigende Nacht vernahm die düsteren Drohungen der Mutter Bösblick.

10

Dooh hatte im Gefängnis ein ehrliches Handwerk erlernt.

Nach seiner Entlassung machte er sich selbständig. Er war Friseur geworden, zum Segen unseres Dorfes und der Umgegend. Er begann auch zu trinken, »damit die Zeit schneller vergeht«, wenn unsere jungen Leute es nicht gar zu eilig hatten, sich schönmachen zu lassen.

Endlich war die gute Jahreszeit wieder da. Dooh arbeitete im Freien. Er setzte sich unter einem Mangobaum auf eine große Kiste und wartete geduldig auf die Kunden. Es wartet sich gut, wenn man Palmwein dazu trinkt. Dieser Beschäftigung ging Dooh eines schönen Morgens nach, als ein Mann auf ihn zutrat.

»Schneide mir die Haare«, sagte er, »ich habe von dir gehört, du sollst es ja sehr gut machen.«

Sprach's und nahm ohne Umstände Platz.

Dooh hob einen großen Kieselstein auf und zertrümmerte damit eine leere Bierflasche. Dann kniete er vor den Scherben nieder, als wollte er sie wegen dieses Roheitsaktes um Verzeihung bitten. Wenn die Flasche noch voll gewesen wäre, würde er sie nicht zertrümmert haben, dessen bin ich sicher.

»Siehst du«, sagte Dooh zu seinem Kunden, »siehst du, die Leute, die nichts im Bauch haben, sind wie diese Flasche. Sie verdienen keine bessere Behandlung.«

»Du hast recht«, erwiderte der andere. »Die Welt ist bis obenhin voll von Leuten, die nichts im Bauch haben.«

»Weißt du, ich rede nicht von hungrigen Leuten, ich... Ich meine die Einfältigen. Sie verdienen nicht zu leben. Wie denkst du darüber?«

»Du hast recht«, bestätigte der Kunde.

Man darf seinem Friseur nicht widersprechen, am wenigsten in dem Augenblick, wo er das Wunderwerk in Angriff nimmt, deinem Kopf eine bessere Fasson zu geben. Dooh war mit der Antwort zufrieden. Er pfiff ein Liedchen und suchte sich eine gleichmäßig gerundete, scharfe Scherbe. Mit dieser da würde er gut hinkommen. Dann näherte er sich dem Nacken des Kunden, betrachtete ihn und hockte sich hin, um die Stelle genauer in Augenschein zu nehmen.

»Und du? Bist du gescheit?«

»Natürlich bin ich gescheit«, sagte der Kunde. »Denkst du, ich wäre sonst zu dir gekommen, wenn ich nicht gescheit genug wäre zu wissen, daß du der beste Friseur weit und breit bist?«

»Na siehst du. Da hast du recht. Es war eine dumme Frage. Alle Welt weiß, daß ich der beste Friseur hierzulande bin. Und wenn's noch nicht jeder weiß, sei's drum, eines Tages wird es jeder erfahren. Was wettest du?«

»Nichts, gar nichts. Denn ich bin sicher, daß ich verlieren würde.«

Nichts dagegen zu sagen, das war ein Kunde, wie sie Dooh gern hatte, ein Kunde, der mit allem einverstanden war. Kein Gedanke daran, ihm unter diesen Umständen einen schlechten Haarschnitt zu machen. Aber die Luft roch nach Palmwein.

»Willst du einen Schluck?« fragte Dooh. Er langte hinter die Kiste und brachte eine riesige Kalebasse zum Vorschein.

Er zog einen Pfropfen heraus, trank ein paar Schlucke und reichte sie dann seinem Kunden. Auch dieser trank. Er wollte die Kalebasse gar nicht mehr absetzen. »Er ist gut, Bruder, er ist gut...«

Darauf machte sich die Scherbe am Nacken des Kunden zu schaffen und ließ alsbald die Demarkationslinie zwischen dem Kopf und dem übrigen Körper erkennen. Dooh war mit sich zufrieden und pfiff munter fort. Auf einmal fiel ihm ein, daß er einst die Dorfschule besucht und das ganze Alte Testament gelernt hatte, in der Dualasprache. Und er fing an zu wiederholen, wie Josua die Schlacht bei Jericho gewann...

»... Da begannen die Israeliten in ihre Posaunen zu blasen, und die Mauern der Stadt fingen an zu wanken... Zu wanken, mein Bruder, bis sie umfielen...«

Der Kunde wußte nicht, woher Dooh diese Stelle genommen hatte. »Was machen die Israeliten da hinter meinem Kopf?« fragte er.

Der Friseur hörte schlagartig mit seiner Arbeit auf.

»Wie?« sagte er zu dem Unwissenden. »Eine solche Frage aus deinem Mund? Kennst du denn die alte Geschichte nicht? Die Geschichte unserer Vorfahren?«

»Was haben sie denn gemacht, unsere Vorfahren?«

»Was sie gemacht haben? Was für eine Frage! Weißt du denn nicht, daß Gott sie verurteilt hatte, vierzig Tage und vierzig Nächte durch die Wüste zu irren?«

»Ach?«

»Freilich, freilich... Vierzig Tage und vierzig Nächte. Das ist lange, findest du nicht? Aber nein, ich irre mich, das war die Sintflut, die dauerte vierzig Tage und vierzig Nächte. Die Israeliten sind vierzig Jahre durch die Wüste geirrt, weißt du, richtige volle Jahre, wie es heutzutage gar keine mehr gibt...«

»Aber was hatten sie denn getan, um so bestraft zu werden?«

»Ach, gar nichts. Gott war nur unzufrieden mit ihnen, weil sie ungehorsam gewesen waren. Und da ist Mose zum Pharao gegangen und hat ihn gebeten, sein Volk ziehen zu lassen.«

»Wessen Volk?«

»Gottes Volk natürlich. Bist du aber dumm! Du bist wie eine leere Flasche. Du hast nichts drin. Du verdienst gar nicht, daß man dir die Haare schneidet. Verstehst du denn nicht, was ich sage? Ich spreche vom Volk Gottes natürlich...«

»Au!«

»Wieso au?«

»Du hast mir weh getan!«

»Du bist zu empfindlich, auch du. Es ist das erste Mal,

daß ich dich geritzt habe, und du machst ein Geschrei, als hätte ich dir den Nacken verbrannt!«

Ein dünner Blutfaden sickerte von der »Ritze« herab. Dooh hielt ihn unterwegs auf und rasierte dann das übrige Nackenhaar ab. Er hatte etwas mehr Palmwein im Leibe als gewöhnlich und fuhr mit seiner unglaublichen Geschichte von unsern israelitischen Vorfahren fort.

»Also der Pharao versammelte das ganze Dorf um ein großes Feuer. Es gab ein Palaver, das dauerte drei Tage und drei Nächte. Und Mose brachte eine große Schlange herbei, über die sich alles Volk entsetzte. Aber der Pharao hatte ein Herz von Stein und ließ die Israeliten nicht ziehen. Da ließ Mose einen Regenbogen herabsteigen, und der Regenbogen redete zum Pharao. Aber da ließ der Pharao den Kopf des Regenbogens abschneiden. Da wurde es ganz finster, und die Leute des Pharao wurden alle blind, aber die Leute des Mose sahen so klar wie am hellen Tag. Und so konnten sie sich retten... Fffft... Fffft... Fffft... Steh auf, ich bin fertig. Jetzt bist du schön. Jetzt kannst du getrost zu jeder Frau gehen, keine wird dich abweisen können. Aber vergiß nicht im Rausch des Erfolges, daß du Dooh deine Schönheit verdankst. Doch jetzt zahle und gehe. Und wenn dir eine Frau begegnet, die deinen Engelskopf keines Blickes würdigt, brauchst du mir bloß Bescheid zu geben, ich werde mich persönlich der Sache annehmen... Du kannst es sogar gleich gegenüber probieren, da ist eine, die wird dir nicht widerstehen können, so fein wie du jetzt aussiehst...«

»Gegenüber? Was ist denn da, gegenüber?«

»Zahl mal erst, es macht einen Franc fünfzig. Verstehst du den Wink denn nicht? Man merkt's, daß du meinen ganzen Wein ausgetrunken hast. Ich sag' dir doch, da ist eine Frau gegenüber! Ja, in dem Haus da. Eine Allerweltsfrau, die gehört jedem, der Lust hat. Hast du ein bißchen Geld? Ja? Na, dann kannst du hingehen.«

Nach endlosem Schachern bezahlte der Mann fünfzig Centimes, dann ging er »hinüber«, während ein neuer

Kunde auf der Kiste Platz nahm, um sich Doohs Schneidewerkzeugen auszuliefern.

Mit »gegenüber« war mein Haus gemeint. Ich war daher nicht wenig erstaunt, als ich einen Unbekannten eintreten sah, der einen tüchtigen Rausch zu haben schien, und in der Annahme, ich wartete auf irgend etwas vielleicht bis ich an die Reihe käme, mir ganz ungeniert erklärte:

»Ja, Bruder, ich bin auch gekommen. Wo ist sie denn?«

»Wer?« fragte ich.

»Na, die Frau«, sagte der Mann. Seine Augen funkelten vom Palmwein und kaum verhüllter Gier. »Ja doch«, wiederholte er, »die Frau. Der Bruder Friseur da drüben hat mir gesagt, ich soll ›gegenüber‹ anfragen, wenn ich ein bißchen Geld hätte. Er hat mir gesagt, daß hier...«

Ich packte den Kerl am Kragen, ohne ihn ausreden zu lassen, und warf ihn hinaus wie einen nassen Sack. Ehe er sich aufrappeln konnte, versetzte ich ihm noch ein paar Faustschläge ins Gesicht, dann empfahl ich ihm, sich schleunigst zu trollen, was er sich nicht zweimal sagen ließ. Schon hatten sich einige Neugierige eingefunden, aber ich war schon unterwegs zu Doohs »Frisiersalon«.

»Du treibst schon wieder deine Späße mit mir, Dooh, obwohl ich dich schon gewarnt habe, daß es dir eines Tages teuer zu stehen kommen wird. Ich glaube, dieser Tag ist heute, schade um dich.«

Ich packte ihn und verabreichte ihm etliche Ohrfeigen, an die er hoffentlich bis ans Ende seiner Tage denken wird, denn es sollte mir leid tun, wenn er die Züchtigung vergäße und womöglich wieder anfinge, überall herumzuerzählen, ich hätte eine H... geheiratet. Die Dorfbewohner legten sich rechtzeitig ins Mittel, während ich noch damit beschäftigt war, dem Dooh sein unverschämtes Maul zu stopfen. Ein paar Frauen flehten mich an, ihn nicht zu töten, denn er sei ein Bruder, »und wenn dein Bruder dir unrecht tut, mußt du ihm verzeihen«.

Da fand mein Zorn ernste Gründe, sich zu besänftigen... In der Tat, Doohs schlechter Scherz hatte mir Gelegenheit gegeben, aller Welt in Erinnerung zu bringen, daß ich nach wie vor der Stärkste im Dorf war, das mich seit zwei Monaten erbittert boykottierte. Ihr werdet euch leicht zusammenreimen, was in dieser Zeit geschehen war, wenn ihr wißt, daß sogar in dieser Minute, in der ich die allgemeine Bewunderung erzwang, Maa Medi nicht zu sehen war, die früher immer als erste angelaufen kam, wenn ich irgendwo meine Muskelkraft zur Schau stellte. Seit fast zwei Monaten lebte ich allein mit meinen zwei Frauen und Fannys Kind. Ich ging allein fischen, obwohl König Salomo sich persönlich für mich eingesetzt und meine Gefährten nachdrücklich gebeten hatte, mich wieder in ihre Mannschaft aufzunehmen. »Wir haben La Loi sehr gern«, hatten sie geantwortet, »aber wenn er sich den Spaß macht, eine Frau zu heiraten, die die Schande des Dorfes ist, dann können wir ihm nicht mehr helfen...« Der Bruch war etwa eine Woche nach dem Abend erfolgt, an dem uns Agatha jenen offenherzigen Besuch gemacht hatte, der, wie ihr euch erinnert, der Mutter Bösblick nicht entgangen war. Agatha kam dann tatsächlich einige Zeit nach diesem Abend in Begleitung einer ihrer Tanten wieder.

»Ja, Agatha ist immer bei mir gewesen, wenn sie in die Stadt kam«, hatte die Tante erklärt. Jede hatte einen Koffer mitgebracht, einen schweren Koffer. Sie hatten sich häuslich niedergelassen und von sich aus erklärt, daß Agatha nicht in ihr Dorf zurückkehren werde. »Von dieser Nacht an ist sie deine Frau«, hatte Agathas Tante gesagt, »und ich wünsche euch Glück für euer ganzes Leben. Ich weiß, daß mit Fanny alles gutgehen wird, nicht wahr?« Fanny hatte nichts erwidert –ich wußte ja, daß sie gegen meine Ehe mit Agatha nichts einzuwenden hatte – und sich sehr höflich benommen. Am nächsten Tag baute sie für Agatha einen Herd ähnlich dem, den meine Mutter für sie selbst gebaut hatte. Meine Mutter? Sie besuchte mich am nächsten Morgen in Begleitung von Mutter Bösblick.

»Ich komme, dich zu sehen und mit dir zu sprechen, und habe jemand mitgebracht, der selbst noch nach meinem

Tod mein Zeuge sein soll... Du hast dich geweigert, auf meinen Rat zu hören, und hast dieses Mädchen geheiratet. Bleibe bei ihr, ich wünsche dir, daß du es nie bereust. Ich meinerseits weiß, daß du mit dieser kleinen weißen Frau noch dein blaues Wunder erleben wirst. Und solltest du einmal in Schwierigkeiten geraten, dann komm ja nicht zu mir; ich wünsche, daß du mich in Ruhe läßt – ob ich nun aus Armut oder Kummer sterbe oder ob ich trotz allem weiterlebe, ich will, daß du mich in Ruhe läßt. Und laß dir das eine gesagt sein, erwarte nicht, daß ich jemals wieder hierherkomme. Niemals!«

Damit waren die beiden Frauen gegangen, ohne mir Zeit zu einer Erwiderung zu lassen. Seitdem lebten wir vier zusammen, meine zwei Frauen, »meine« Tochter und ich, und das Dorf ging uns so weit wie möglich aus dem Weg. Zwar würde König Salomo, der mich sehr liebhatte und recht gut verstand, mich nicht völlig fallenlassen, aber seit der Einkerkerung des Häuptlings Mbaka war ihm die Rolle des Dorfhäuptlings zugefallen, und er dachte offenbar nicht daran, aller Welt offen zu sagen, daß er mir meine Ehe mit Agatha Moudio verzieh. So lebten wir schon zwei Monate. Und als ob wir uns der Härte entgegenstemmen wollten, mit der unsere Leute uns behandelten oder verurteilten, nahmen wir uns vor, in Eintracht miteinander zu leben, die aber leider nicht lange währen sollte. In dieser Zeit befleißigte sich Agatha einer Bravheit, die ihr niemand zugetraut hätte. Sie holte Wasser vom Dorfbrunnen trotz der spitzen Worte, die ihr die andern Frauen jedesmal an den Kopf warfen, sie kochte gut, obwohl Maa Medi sie eine Salondame gescholten hatte. Fanny ihrerseits hatte als Persönlichkeit sehr gewonnen; sie war eine richtige Frau geworden und, wie meine Mutter einmal gesagt hatte, »wohlgeeignet, mir Kinder zu schenken«. Man muß ihr noch eine Weile Ruhe lassen, sagte ich mir, indem ich an die noch nicht weit zurückliegende Niederkunft dachte. Und die kleine Adele entwickelte sich zusehends und wurde mit der Zeit immer hübscher.

Natürlich erwies sich mein Haus, das ursprünglich nur für

eine Person gedacht war, sehr bald als zu klein für uns alle. Ich schickte mich also an, neue Häuser zu bauen, eins für Fanny und ein zweites für Agatha. Ich war noch nicht damit zu Ende, als dieser blöde Dooh den Wutanfall hervorrief, von dem ich vorhin erzählt habe.

Und da stand ich nun inmitten der ganzen Einwohnerschaft, die herbeigeströmt war, sei es um zuzusehen, wie ich Dooh »tötete«, sei es, um mich rückhaltlos zu bewundern oder auch um mich zu bitten, »es nicht zu tun«. So war es ausgerechnet Dooh – der Agatha grollte, nicht nur, weil sie meine Frau geworden war, sondern auch, weil er ihr immer noch die Schuld gab, daß er eingesteckt worden war –, Dooh war es, dem es leicht und ungewollt gelang, das dicke Eis zu brechen, das sich seit fast zwei Monaten zwischen mich und die Meinen geschoben hatte. Ich sah verschiedene Leute lächeln, als ich diesen dämlichen Kerl nachlässig auf den Boden fallen ließ und mit einem Blick tiefer Verachtung bedachte. Dieses Lächeln bedeutete, daß man meine Art, »einem Bruder zu verzeihen, der mir Unrecht getan hatte«, zu schätzen wußte. Aber schließlich – was soll man schon anfangen mit einem Mann, der sich schon früh um zehn am Palmwein berauscht?

Von diesem Tag an zeigte sich unser Dorf nachsichtig gegen mich und vor allem gegen Agatha. Im ganzen machte sie doch keine so üble Figur, wie man anfangs geglaubt hatte. Und wenn man ihr ihre Extravaganzen von früher vorwarf – gehörten sie nicht schon der Vergangenheit an? Also machen wir endlich Schluß damit... Und dann, was war das für eine Art gewesen, eine Fremde in unsere Dorfgemeinschaft aufzunehmen? Das hatte nirgends einen guten Eindruck gemacht.

Die einzigen, die Agatha nicht verzeihen wollten, daß sie mich »umgarnt hatte«, waren nach wie vor Maa Medi und Mutter Bösblick. Trotzdem wurde das Leben für uns erträglicher in diesem Dorf, wo ich mich jetzt rühmen konnte, ein Bewahrer einer uralten Überlieferung zu sein, an der die Zeit immer heftiger rüttelt: der Polygamie.

Es würde zu weit führen, euch im einzelnen zu erzählen, wie sich unser Haushalt zu dritt gestaltete, und ich nehme mir um so mehr das Recht, über viele Punkte hinwegzugehen, je deutlicher ich mir das amüsierte Lächeln vorstelle, mit dem ihr meinem Bericht entgegenseht. Ich finde das gar nicht amüsant... Auch möchte ich euch nicht mit den Einzelheiten des Lebens behelligen, das mich meine Frauen führen ließen seit dem Tag, an dem unser Dorf meine zweite Ehe praktisch gebilligt hatte, so daß für sie der eigentliche Grund zu der bisher ungetrübten Einigkeit weggefallen war. Jede bewohnte jetzt ihr eigenes Haus, jede konnte, wenn sie wollte und den Mut dazu aufbrachte, sich ihr eigenes Essen zubereiten, wobei sie natürlich immer an den gemeinsamen Gatten dachte. Und das beschlossen sie auch bald zu tun. Eines Tages – während ich auf hoher See war – brachten Agatha und Fanny es fertig, sich in die Haare zu geraten, »wie du das noch nie erlebt hast, mein Sohn«, erzählte mir König Salomo nach meiner Rückkehr. Ich rief sie in mein Haus und fragte sie, was geschehen sei.

»Fanny hat angefangen!« versicherte Agatha mit Nachdruck.

»Was? Ich hätte angefangen? Weil ich mir erlaubt habe zu bemerken, daß du im Haus nichts tust? Weil ich nicht deine Sklavin sein will?«

»Hörst du? Sie behauptet, ich täte nichts, dabei habe ich ihr das Essen gekocht! Soll ich etwa daraus schließen, daß du mich als eine Sklavin betrachtest?«

»Das Essen hast du gemacht? Was du nicht sagst! Eine Frau, die das Essen kocht, ohne selber das Wasser zu holen, und die darauf wartet, daß es jemand anders für sie tut, hält sich selbst für eine Königin.«

»Hör dir das bloß an... Und während du Wasser holtest, habe ich da nicht das Haus gekehrt?«

»Welches Haus denn? Welches? Hab' ich mein Haus gefegt vorgefunden?«

Diesen auf den ersten Blick nichtssagenden und dümmlichen Tratsch mußte ich mir noch eine ganze Weile anhören. Wenn zwei Frauen eine Auseinandersetzung haben, muß man sie ungehemmt ausreden lassen, selbst wenn man ihr gemeinsamer Gatte ist. Diese belanglosen Dinge können große Bedeutung gewinnen. In diesem Fall endeten sie mit der vollständigen Entzweiung meiner beiden Frauen. Es wäre irgendwie unwahr, wollte ich behaupten, daß ich darüber unglücklich war, denn bei ihrer anfänglichen Einigkeit war mir auch nicht wohl zumute gewesen. Denn ich erinnerte mich noch gut daran, wie es Etoka ergangen war, seit seine beiden Frauen sich gar zu gut verstanden. Etoka hat sehr darunter gelitten. Stellt euch vor, daß die beiden Frauen nächtliche Ausflüge organisierten, ohne ihm etwas zu sagen, und daß sie zu jungen Männern gingen, während ihr alter Ehemann allein in seinem Bett schlief, nachdem er zuvor einen guten Teil der Nacht damit verbracht hatte, sie im Dorf buchstäblich von Tür zu Tür zu suchen. Die Leute machten sich über Etoka lustig. »Als er zuviel Geld verdiente«, sagte der eine, »habe ich ihm folgenden Rat gegeben: Bruder Etoka, nachdem du nun viel Geld in der Hand hast, mach keine Dummheiten. Kauf dir möglichst viel Pirogen, die kannst du an Fischer vermieten oder an Transporteure, da machst du ein gutes Geschäft. Ja, das habe ich Etoka gesagt, ich habe zu ihm gesprochen wie zu meinem leiblichen Bruder. Aber nein, er hörte nicht auf mich. Er wollte lieber mehrere Frauen haben. Und nun sitzt er da...« »... in der Tinte«, fügte ein anderer hinzu. Er wollte sich ausschütten vor Lachen.

»Ein Alter wie er«, sagte ein anderer Spötter, »hält sich wieder für einen jungen Mann... Er leistet sich Frauen, die dreißig Jahre jünger sind, und bildet sich ein, er könne sie an die Leine nehmen. Na, der wird sich noch wundern.«

Etoka war das Gespött der ganzen Gegend mit seinen zwei Frauen, »die kaum noch zu Haus schliefen«. Und es war mir keine angenehme Vorstellung, wir könnten eines Tages einander die Hand reichen, mit zwei Frauen, die in gar zu großer Eintracht lebten. Die allgemeine Voraussetzung einer guten Vielehe ist die pfleglich unterhaltene Zwietracht zwischen den Gattinnen. Denkt daran, wenn ihr je eines Tages... Deshalb war es mir im Grund ganz lieb, daß die Dinge diesen für mich so günstigen Verlauf nahmen. Meine Zufriedenheit wuchs noch, als bei dieser Unterhaltung, die zunächst ganz harmlos begann, ein Umstand zur Sprache kam, der der beginnenden Uneinigkeit ewige Dauer zu sichern schien. Fanny hatte nämlich herausbekommen, daß Agatha, ihre Rivalin, weit älter war als sie. Gar so schlimm war es zwar nicht, denn ihr wißt, daß der Unterschied nur vier bis fünf Jahre betrug. Aber das genügte Fanny schon, um sich im sanften Licht einer strahlenden Jugendlichkeit zu sonnen, wenn sie mit »einer älteren Frau« sprach, wie sie sich ausdrückte. Hört euch nur an, wie sie die Sache zurechtbog, wie sie sie darstellte mit einem guten Schuß von Scheinheiligkeit in der spöttischen Formulierung: »Ich verstehe das nicht«, erklärte sie verwundert, »ich habe denselben Mann wie meine Tante, die sich zu uns gesellt hat, und ich...«

»Was? Du nennst mich deine Tante? Weil du allen Leuten in Erinnerung bringen willst, daß ich älter bin als du? Warum posaunst du es nicht gleich aus, daß ich dich zur Welt gebracht habe? Daß ich die Großmutter eines kleinen Mädchens bin?«

Ihr seht, das aufgespeicherte Gift reichte für meine Sicherheit. Ich dankte dem Himmel dafür, und ich machte mir nicht die mindeste Sorge, wenn ich einen ganzen Monat unterwegs sein mußte, wie mein Beruf es mit sich brachte. Aber bei der Rückkehr vom Fischfang mußte ich erst sehen, wie es in unserem Heim zuging.

Jede der beiden Frauen erwartete, daß ich sie als erste aufsuchte. Da bedauerte ich manchmal ernstlich, mich nicht zweiteilen zu können.

Es geschah denn auch bei einer solchen Heimkehr, daß ich den »endgültigen Weggang« Agathas heraufbeschwor. Während meiner Abwesenheit hatten sich die beiden wieder einmal fürchterlich gezankt, »so etwas hast du noch nie erlebt, mein Sohn. Sie wären beinahe handgreiflich geworden«, berichtete König Salomo.

»Was ist denn diesmal wieder passiert?« fragte ich die beiden Damen.

»Agatha hat gesagt, wenn du mir noch einmal ein Kleid kaufst, ohne ihr ein ebenso gutes zu schenken, dann geht sie.«

» Jawohl«, sagte Agatha. »Das stimmt. Und was hast du mir darauf geantwortet?«

»Ich habe dir geantwortet, wenn du gehst, dann sollst du auch wirklich gehen, denn mein Mann wird dich nicht bitten wiederzukommen...«

»Dein Mann, dein Mann... Verstehst du denn nicht? Das ist es ja, was mich so aufbringt. Dein Mann... Als ob er dir ganz allein gehörte! Du bist doch bloß eine kleine Egoistin, du denkst immer nur an dich und vergißt ganz, daß ich La Loi vor dir kennengelernt habe, und daß ich auch vor dir hierher gekommen wäre, wenn er nur gewollt hätte... Und du hättest niemals den Fuß über diese Schwelle gesetzt.«

»Red nicht soviel, ›Tante Erstgeborene‹, ich habe nicht das Recht, mit dir zu diskutieren. Lassen wir nur einige Zeit vergehen, und die Zukunft wird entscheiden, ob...«

Um ein Haar hätte Agatha die Gegnerin geohrfeigt, oder »du entschuldigst dich für deine Unverschämtheit«. Ich konnte gerade noch verhindern, daß es zu einer regelrechten Prügelei kam. Jede verzog sich in ihr Haus in der Gewißheit, daß ich zu ihr kommen würde, ehe ich mich zu der andern begäbe. Wie soll es ein Mann anfangen, sich um die Entscheidung zu drücken, indem er gleichzeitig zu beiden geht? Für dieses ernste Problem wollte sich keine Lösung finden. Ich ging zuerst zu – Fanny, unter dem Vorwand, ich wollte die kleine Adele sehen. Damit verlor Agatha die Wette, nach der ich erst sie aufsuchen werde, bevor ich zu Fanny ging. Schrecklich, schrecklich... Agatha raste vor Wut, sie drang sogar in Fannys Haus ein.

Es ist komisch, und es kommt mir immer komischer vor, wenn ich heute darüber nachdenke: Während ich früher jede Schande auf mich genommen hätte in dem glühenden Wunsch, Agatha heimzuführen, erschien sie mir jetzt gar nicht mehr so verschieden von anderen Frauen... Und ich war sogar zu Fanny gegangen, ehe ich sie aufsuchte, und hätte doch ihrem Stolz zu Hilfe kommen sollen, dem Stolz darauf, mich »zuerst kennengelernt zu haben«!

Sie fegte wie ein Sturmwind herein.

»Ich habe verstanden, du willst deine Frau sehen, ehe du zu mir kommst. Du kommst nicht zuerst zu mir, weil ich kein Kind vorzuzeigen habe. Nun gut, ich werde für ein Kind sorgen, ich auch. Aber vorher wirst du die Schmach von mir nehmen, die du mir angetan hast... Du wirst selbst zu meiner Tante kommen. Und wenn du mich nicht zurückholst, dann bleibe ich dort. Dann hat jeder in diesem Dorf seine Ruhe.«

Damit rannte sie hinaus, und ehe ich sie noch festhalten konnte, war sie schon auf der Straße. Im Hof stand Maa Medi. Sie war auf das Gezeter aus ihrem Haus geeilt, sah mich hinter Agatha herlaufen und quittierte mein vergebliches Bemühen mit einem vielsagenden bitteren Lächeln. Sie sagte kein Wort, aber es war klar, was sie dachte: Mein armer Junge, du bist immer noch nicht gescheit geworden. Und ich hatte dir doch ausdrücklich verboten, dieses schnippische Ding in dein Haus zu nehmen! Ich hab's dir ja gesagt, mit der wirst du noch dein blaues Wunder erleben... Sie ging ins Haus und schloß sich ein. An diesem Abend schämte ich mich, mir war der Appetit vergangen. Selbst Fanny schonte mich nicht.

»Es ist ja auch kein Wunder«, sagte sie boshaft, als sie sah, daß ich kaum einen Bissen herunterbrachte. »Deine Frau, deine richtige Frau, ist auf und davon, und nun hast du keinen Appetit mehr, nicht wahr? Ich zähle ja nicht...«

Sie sind doch schrecklich, dachte ich; schrecklich, alle!

Ich beschloß, Agatha nicht weiter nachzulaufen. Mochte sie bei ihrer Tante auf mich warten, solange sie wollte, ich würde nicht hingehen und sie bitten, zurückzukehren.

Die Dorfbewohner erfuhren es natürlich noch brühwarm,

daß die schöne Agatha »zu ihrer Tante in die Stadt gelaufen« war, und zerrissen sich die Mäuler über diese vom Himmel gefallene Nachricht, die dem Dorfklatsch reichen Stoff lieferte. So war also alles eingetroffen, genauso, wie sie es sich gedacht hatten. Für sie war Agatha eben eine Frau, die man nicht auf die Dauer festhalten konnte, »sie ist dazu geschaffen, außerhalb der Gemeinschaft zu leben«, pflegten sie zu sagen, trotz der Ehrbarkeit, die sie in der ersten Zeit bei uns an den Tag gelegt hatte. Agathas Flucht war für sie eine Bestätigung ihres Urteils, um so mehr, als sie nicht in ihr Dorf gegangen war, das so nahe lag, sondern in die Stadt, wo ihre Tante wohnte – was in ihren Augen ein bloßer Vorwand war. Sie gingen noch weiter, indem sie mir hinterbrachten, daß Agatha in meiner Abwesenheit öfter in die Stadt gegangen war. Diese Neuigkeit, die gut zu dem übrigen paßte, stimmte mich nicht heiterer, denn Agatha selbst hatte mit mir nie darüber gesprochen. Aber ich durchdachte die Lage nach allen Richtungen, wie es einem Mann ansteht. Ich sagte mir, daß das Gerede Agatha von vornherein in ungünstigem Licht darstellen mußte, nachdem man sie seinerzeit schon mit solcher Zurückhaltung empfangen hatte. Und ich sagte mir auch, wenn Agatha wirklich manchmal hinter meinem Rücken fortgegangen wäre, dann hätte Fanny nicht verfehlt, es mir zu berichten, und sei es nur anläßlich der Streitereien, die ihr selbst mit angehört habt. Ich überhörte kurzerhand die ständig zunehmenden Gerüchte und ging ruhig meiner häuslichen Arbeit nach bis zur nächsten Fangzeit. Aber es half nichts, die große Neuigkeit des Tages war und blieb Agathas Flucht. Jeder gab eine selbstgefertigte Version zum besten, und es gab so viele Versionen, daß sich bald kein Mensch mehr auskannte. Glücklicherweise ließen bald neue Ereignisse diese erste Spalte unseres ungeschriebenen Nachrichtenblattes in Vergessenheit geraten.

Da war zunächst die Geburt von Endales Tochter. Es gab viel Gerede darüber, denn wie ihr euch erinnert, saß Endales Mann schon zu der Zeit lange im Gefängnis, in der sie empfangen haben mußte. Wir alle kannten ihren Mann und sein aufbrausendes Temperament und fragten uns nicht ohne Sorge, was der betrogene Gatte nach seiner Rückkehr wohl mit ihr anstellen würde. Einstweilen war das Befinden des Säuglings ebenso zufriedenstellend wie die Sonne über unserem Dorf.

Einen anderen Gesprächsstoff bot das Haus des Onkels Gros-Cœur. Es war tatsächlich fertiggestellt worden. König Salomo hatte es nicht allein gebaut, sondern gemeinsam mit zwei anderen Maurern, die mein Onkel angestellt hatte, Monate nach der »Affäre«, als alle Welt ihn boykottiert und sogar der König kurz und bündig erklärt hatte, er werde nicht mehr für den »greulichen Hexenmeister« arbeiten. aber heute mußte man sich das Haus des Onkels Gros-Cœur einmal ansehen, so schön war es mit seinem Kalkanstrich über dem geteerten Unterbau und seinem blinkenden Wellblechdach. Es war das Schmuckkästchen des Ortes geworden, das den »Fremden« beim ersten Blick auffiel. Schließlich waren wir alle stolz darauf. Es war unser Wahrzeichen!

Onkel Gros-Cœur lud zu einem großen Fest ein, man aß und trank, es wurde getanzt und gelacht. »Wenn die ›andern‹ kommen«, sagte mein Onkel vergnügt, »gibt es ein noch größeres Fest als heute.« Eine billige Prophezeiung! Wie hätten wir die »andern« bei ihrer Heimkehr empfangen können, ohne unsere Freude kundzugeben nach vier langen Trennungsjahren! Übrigens war es nicht mehr lang bis zu ihrer Ankunft. Was für freudige Aussichten...

11

Und Agatha? Eines Abends kehrte sie ins Dorf zurück, etwa zwei Wochen nach ihrer Flucht. Jawohl, sie kam zurück, entgegen jeder Erwartung. Aber so war sie. Ich traf gerade die letzten Vorbereitungen, um am nächsten Morgen mit meinen Kameraden zum Fischfang nach der großen Strommündung aufzubrechen. Die Saison war auf ihrem Höhepunkt.

Bei ihrer Heimkehr zeigte sie sich klüger als bei ihrem spektakulären Aufbruch an jenem Abend. Sie bat mich um Verzeihung und setzte mich in Erstaunen, indem sie sich auch bei Fanny entschuldigte. Was für ein Charakter! dachte ich. Wahrhaftig, man wußte nie so recht, von welcher Seite man diese Frau nehmen sollte...

»Wenn ich zurückkomme, wollen wir das alles besprechen«, sagte ich. Und am nächsten Morgen fuhr ich aus, um wieder Seeluft zu atmen und mir den feuchten Wind um die Nase wehen zu lassen.

»Ist das wahr? Agatha ist gestern abend wiedergekommen?« fragte Ekeke.

»Wer hat dir das gesagt?« entgegnete ich.

Ich hatte keine Lust, dieses Kapitel meiner Biographie vor meinem Vetter aufzuschlagen, denn er hatte sich mir gegenüber nicht besser benommen als die andern, als mehr oder weniger phantasievolle Darstellungen von Agathas Flucht bei uns die Runde machten.

»Wer mir das gesagt hat? Ich bin ein Kind dieses Dorfes, was glaubst du denn? Ich bin über alles auf dem laufenden. Na und die Frauen erst, sie wissen alles, auch sie.«

»Ach so, ich verstehe, deine Frau hat heute früh am Dorfbrunnen Wasser geholt...«

Ich hatte das nicht ohne einige Bosheit gesagt, denn ihr wißt ja, daß mein Vetter Ekeke noch nicht verheiratet war.

»Ärgere dich nicht, Bruder La Loi«, sagte er. »Wenn deine Frau wiedergekommen ist, freuen wir uns alle, oder meinst du nicht?«

Die andern stimmten ihm bei und erklärten, ich hätte nicht das Recht, ihnen eine Neuigkeit vorzuenthalten, die uns alle anging. Es klang ehrlich. Die freundliche Stimmung hielt also an, und jetzt war es an mir, mich wegen meiner schlechten morgendlichen Laune zu entschuldigen.

»Ja weißt du, Ekeke«, sagte ich, »wenn du erst verheiratet bist, wirst du verstehen, wie das ist, dann geht deine angeborene Heiterkeit allmählich in die Brüche.«

»Besonders wenn du zwei Frauen bei dir hast«, sagte Eyango.

»Zwei Frauen im Haus, mein Bruder, das ist früher oder später dein Tod.«

»Ich möchte wissen, was mich dazu bringen könnte, mehr als eine Frau zu heiraten. Es muß schon mit einer schwierig genug sein.«

Wir waren zu sechst in der Piroge, drei Junggesellen und drei Ehemänner, und ich war der einzige, der zwei Frauen hatte.

»Ich weiß nicht, warum das so schwierig sein soll, eine Ehe zu zweit«, warf Ebumbu ein. »Seit ich verheiratet bin, sehe ich keinen großen Unterschied zu dem, wie es früher war.«

»Du siehst ihn nicht«, sagte Eyango, »aber wir sehen den Unterschied sehr wohl: Heute mußt du viel mehr arbeiten als früher!«

Es gab ein großes Gelächter vom Bug bis zum Heck, die Paddel gaben es eine Weile auf, das Flußwasser aufzuwühlen.

»Doch, Bruder, es stimmt«, beharrte Eyango. »Ärgere dich nicht, aber zähl einmal nach, wie oft du jedes Jahr mit ausgefahren bist, als du noch Junggeselle warst. Du warst nur dreiviertel der Zeit unterwegs. Und wovon hast du gelebt? Gewiß, du warst nicht bettelarm, aber du bist oft zu deinem Onkel zum Essen gegangen oder zu deiner Tante oder zu dem und jenem Freund, ohne einen Sou auszugeben, genau wie es die Alten machen. Jetzt dagegen kommst du jedesmal mit, wenn wir ausfahren, um für deine Bedürfnisse und die deiner Frau genügend Geld zu haben.«

»Also, wenn ich dich recht verstehe, zwingt die Ehe den Mann zur Arbeit«, sagte Ebumbu. »Aber warum seid ihr dann gegen eine Ehe mit zwei Frauen?«

»Das ist eine bemerkenswerte Frage, Bruder«, sagte ich.

»Wir sind nicht gegen die Vielehe«, berichtigte Ekeke. »Ich wüßte nicht, warum wir einen Brauch verwerfen sollten, der bei unsern Vorfahren in hohen Ehren stand. Ich meine nur, daß es heutzutage ziemlich schwierig sein muß, ein solches Leben zu führen, ganz abgesehen davon, daß man dann noch mehr arbeiten muß. Überlegt doch nur, zwei oder drei Frauen zu unterhalten...«

Heute haben die Zeit und der Umgang mit »Lebenskünstlern« meinen Anschauungen einen gewissen »zivilisatorischen Anstrich« gegeben. Ich betrachte die Arbeit als eine gute und nützliche Sache. Aber ich gebe zu, daß solch eine innere Umstellung nicht in der menschlichen Natur liegt. Viel natürlicher ist es – und auch nicht unberechtigt –, die Arbeit ganz einfach als lästig und anstrengend anzusehen. Dies war damals auch meine Auffassung, und darum konnte ich meinen Vetter Ekeke gut verstehen. Aber wenn es wahr ist, daß die Ehe den Menschen zur Arbeit zwingt, und wenn man ein für allemal die Arbeit für etwas Gutes hält, dann kann man den Männern nur empfehlen, möglichst viele Frauen zu heiraten. Und wenn es auf dieser Welt Frauen gibt, die immer noch glauben, daß es ihr natürliches Recht ist, einen Mann für sich allein zu haben, muß man alles tun, um sie zu der Ansicht zu bekehren, nach der ein Mann im Kreise mehrerer Frauen dem gesellschaftlichen Wohl am besten dient.

Als meine Vorfahren die freie und von allen gebilligte Vielehe einführten, haben sie an all das Gute gedacht, das der modernen Gesellschaft daraus erwachsen würde. Ich höre heute von Männern und Frauen, daß sie ihnen diesen Schritt verübeln, und doch kenne ich keine menschliche Gesellschaft, so hoch sie auch kulturell stehen mag, in der nicht die Grundsätze meiner Vorfahren mehr oder weniger befolgt würden. Die Einehe wird nirgends in der Welt wirklich praktiziert, und ich bin stolz bei dem Gedanken, daß sie in unserem bescheidenen, der übrigen Welt unbekannten Dorf schon seit langer Zeit alles andere als die Regel war. Es ist wahr, daß meine Vorfahren, die die Vielehe einführten in einer glücklichen Welt, in der die Zeit keine Rolle spielte, niemals daran dachten, deswegen mehr zu arbeiten, und das ist ganz natürlich: Die Begriffe von Zeit und Arbeit liegen so nahe beieinander, daß man – wenn man sich nicht verrechnen will – unmöglich an das eine denken kann, ohne es mit dem andern zu verbinden. Nun, sie kannten den Begriff »Zeit« nicht – oder höchstens die Vorstellung eines sonnigen Tages – und dementsprechend arbeiteten sie auch nur für die Bedürfnisse des Tages. Erst die heutige Welt mit ihrem Begriff von »Zeit ist Geld« hat dem Menschen als eine Folge der Vielehe ein Übermaß an Arbeit aufgebürdet...

Wir ruderten gemächlich der Wurimündung zu. Es war ein feuchtwarmer Tropenmorgen, wie man ihn in den »gemäßigten Zonen« nirgends kennt. Und da sagte also mein Vetter Ekeke – er war freilich in die Schule gegangen und hatte dort einen Haufen Dinge gelernt –, er sagte also mit Wendungen, die ich erst später aus dem Mund von »Lebenskünstlern« wieder hören sollte oder von »Europäisierten«, wenn ihr wollt: »Zwei oder drei Frauen unterhalten«, sagte er!

»Es handelt sich nicht darum, sie zu unterhalten«, sagte Ebumbu zu meinem Vetter, »sondern einfach darum, ihnen ein echtes Frauenleben zu ermöglichen, ein Heim zu haben, in dem sie Kinder gebären können zur Erhaltung der menschlichen Rasse und sie möglichst gut aufzuziehen. Was ist denn in deinen Augen eine Frau? Ein herrenloses Ding, das in den Straßen herumirrt, oder eine Schildwache an einer Hausecke, die jeden vorübergehenden Mann anzuhalten sucht? Nein, das ist in meinen Augen keine Frau. Und du weißt ja, das alles käme nicht vor, wenn jeder Mann mehrere Frauen hätte. Und deshalb beglückwünsche ich dich, Bruder La Loi, daß du Agatha vor dem Weg bewahrt hast, den sie beinahe eingeschlagen hätte, und daß du uns die Stirn geboten hast, als wir dir bei eurer Heirat unser Mißfallen bezeugt haben.«

Schau mal an, dachte ich, jemand der mich bewundert, und erwiderte: »Danke, aber wenn du mit meiner Handlungsweise einverstanden warst, warum hast du mir das nicht gleich gezeigt?«

»Du weißt doch«, sagte er, »bei einer solchen Sache darf man nicht aus der Reihe tanzen. Wie hätte ich auch meine Meinung durchsetzen können, wo alles gegen dich war? Aber du sollst wenigstens wissen, daß ich dich nie verurteilt habe.«

Es war das erste Mal, daß mir jemand ein so freimütiges Bekenntnis ablegte. Ich sagte mir, daß dies sicher nicht das letzte Mal sein würde, vorausgesetzt, daß Agatha nicht wieder all die enttäuschte, die mir trotz allem äußeren Schein im Innern recht gaben.

Als wir vom Fischzug zurückkamen, empfing uns die große Neuigkeit schon am Ufer. Ein Brief war aus Mokolo gekommen mit der Nachricht, daß die Gefangenen nicht mehr lange von uns getrennt sein würden. Und nun zählte jeder schon die Tage. »Wir werden sie wiedersehen, wir werden sie wiedersehen, die eines Morgens in Handschellen abgeführt wurden und nicht wiederkamen...« Während ihrer Abwesenheit hatte ihnen König Salomo ab und zu geschrieben, was sich inzwischen bei uns zugetragen hatte. Es war völlig ungewiß, ob sie die Briefe des Königs je erhalten hatten. Wenn ja, dann waren sie auf die – Überraschungen vorbereitet, die ihrer warteten. Andernfalls konnte sich – wir befürchteten es alle ein wenig – ihre Heimkehr mehr oder weniger dramatisch gestalten.

Als ich nach Haus kam, fand ich zu meiner Überraschung meine beiden Frauen in größter Eintracht beieinander. Ich erinnerte mich an die Geste, mit der Agatha die Rivalin um

Verzeihung gebeten und wie Fanny ihre eigenen Fehler eingesehen hatte. Jetzt schienen sie im besten schwesterlichen Einvernehmen miteinander zu hausen. Ich war darüber zufrieden, denn es herrschte eine so fürchterliche Hitze, daß ich es schwerlich ertragen hätte, gleich mit Zank und Streit empfangen zu werden. Anstatt daß jede angelaufen kam, um mir zu berichten, was ihre Rivalin in meiner Abwesenheit alles angestellt hatte, anstatt daß jede mir in den Ohren lag, ich müsse erst zu ihr kommen, ehe ich die Nachbarin besuchte, erfuhr ich zu meinem Staunen, daß wir heute alle drei zusammen essen würden. Welche Verwandlung, dachte ich, und vergaß in meinem Glück die Frauen Etokas, die so sehr ein Herz und eine Seele geworden waren, daß der gemeinsame Gatte zum Gespött der ganzen Gegend wurde. Doch dies war nicht die einzige Überraschung. Denn am Abend kam Agatha in mein Haus, setzte sich unaufgefordert auf mein Bett und erklärte seelenruhig:

»Was ich sagen wollte, La Loi, ich erwarte ein Kind.«

»Was? Was hast du gesagt?« fragte ich. Ich mußte mich setzen.

»Ja, du wirst Vater eines Jungen werden.«

»Woher weißt du, daß es ein Junge wird?«

»Weil ich geträumt habe, es würde ein Mädchen. Wenn eine Frau träumt, daß sie ein Mädchen erwartet, dann wird es bestimmt ein Junge. Das war immer so, wenn meine Mutter ein Kind erwartete. Sie träumte von einem Jungen, und dann bekam sie ein Mädchen. So war es jedesmal.«

Darauf führten Agatha und ich ein langes Gespräch, in dessen Verlauf wir die Dinge noch einmal durchgingen und klärten, von dem Tag an, da es mit ihr mehr und mehr bergab gegangen war. Erspart mir die Einzelheiten dieses ehelichen Gesprächs. Wichtiger als alles andere war natürlich die Neuigkeit, die mir Agatha soeben verkündet hatte. Gleich am nächsten Tag suchte ich König Salomo auf.

»Agatha erwartet ein Kind, König. Aber – pst! Sag es keinem weiter!«

»Das ist fein, und es kommt gerade zur rechten Zeit, denn bald wird ihr Vater zurück sein und sich doppelt freuen, seine Tochter verheiratet zu sehen und mit einem Kind... Wenn sie gar noch den guten Einfall hat, einen Jungen zur Welt zu bringen, dann hast du das ganze Dorf hinter dir, mein Sohn, du wirst's sehen. Ich habe dir einmal gesagt, du solltest vorwärts blicken und nicht zurück. Du weißt doch noch, was ich dir immer wieder gesagt habe?«

König Salomo war ganz aufgeregt.

»Alles schön und recht«, sagte ich, »aber da ist noch Maa Medi, die Agatha nicht ausstehen kann. Wenn du mal hingehen und mit ihr reden und ihr alles erzählen wolltest, wäre das sicher gut.«

»Sicher wäre das gut«, bestätigte der König.

Er ging zu Maa Medi und sprach mit ihr.

Ihre Reaktion war spontan und unerwartet.

»Sie erwartet ein Kind?« rief Maa Medi. »Ein Kind für meinen Sohn? Ein richtiges Kind für meinen Sohn? Damit ändert sich alles! Dann wäre es unrecht, wenn ich noch länger auf meinem Standpunkt beharrte. Ich bin glücklich, König! Ich bin glücklich!«

Sie lief aus dem Haus und kam zu mir herüber. Diese gute Frau! Ich werde nie mehr ihresgleichen in meinem Leben finden.

»Mein Sohn«, sagte sie, »es ist nicht der Rede wert, was du mir angetan hast. Wenn es der Himmel so will, daß dein Ungehorsam dir Glück bringt, bin ich die letzte, die sich dagegen auflehnen würde, ich habe mich zu fügen und ich teile dein Glück. Oder besser: dein Glück ist auch mein Glück. Von heute an kann deine Frau über mich verfügen, wenn sie Hilfe im Haus braucht, und ich betrachte sie von jetzt an als meine eigene Tochter... Ein Kind! Ein Kind ist immer ein kostbares Geschenk.«

Ich rief Agatha herbei, die beglückt war zu hören, daß Maa Medi es ihr verzieh, mich »verfolgt zu haben, bis sie mich bekam«. Sie küßten sich. Ich war ganz gerührt. Auch Fanny war gekommen, um die Versöhnung mitzuerleben.

Wir waren alle sehr glücklich. Ich dankte Maa Medi und küßte sie wie in alten Zeiten, als ich noch ein kleiner Junge war. Dann ging ich in mein Zimmer und brachte ihr das für sie Ersparte, seit sie mit mir geschmollt und jede Unterstützung zurückgewiesen hatte.

So sah ich fröhlichen Herzens einem neuen Lebensabschnitt entgegen. Aber dieser Freudentaumel bedeutete keineswegs, daß damit schon alles in Ordnung war und daß ich keine Sorgen mehr zu haben brauchte. In unserem Dorf war eine Schwangerschaft keine private Angelegenheit. Maa Medi eilte gleich zu Mutter Bösblick und vertraute ihr das Geheimnis an.

»Was?« rief die Alte. »Sie erwartet ein Kind, diese Kleine da? Seit wann denn?«

»Seit wann? Das weiß ich nicht... Woher soll Salomo wissen, seit wann meine Schwiegertochter ein Kind erwartet...«

»Das müssen wir genau nachprüfen«, sagte Mutter Bösblick.

»Du läßt dich viel zu leicht einwickeln, Maa Medi. Wenn dich nun die Kleine angelogen hat, bloß um dich zum Narren zu halten? Du glaubst das wie jemand, der sich selbst davon überzeugt hat. Wir werden uns erst überzeugen, ehe wir irgend etwas darüber sagen, und vor allem, ehe wir uns mit unserem Sohn La Loi versöhnen.«

»Aber überlege doch, ein Kind kann man schließlich nicht erfinden. Eine Schwangerschaft gibt sich doch stets zu erkennen, wenn es wirklich eine ist. Warum sollen wir denn jetzt eine Tatsache nachprüfen, die wir in Kürze schon und dann monatelang in aller Ruhe beobachten können? Das sehe ich nicht ein.«

»Doch! Denn ich weiß aus Erfahrung, daß man dergleichen nicht einfach hinnehmen kann. Ich weiß, was ich sage. Ich habe so eine Ahnung, daß wir zu dieser ganzen Geschichte noch unser Ja oder Nein zu sagen haben werden. Denn am Ende – kommt dir das nicht ein bißchen seltsam vor, Medi? Ein Mädchen wie die... Sie wartet die

Rückkehr ihres Mannes ab, um ihm zu verkünden, daß ein Kind unterwegs ist! Und das findest du normal?«

»Was willst du damit sagen?«

»Ich will damit sagen, daß sie es längst im ganzen Dorf ausposaunt hat, damit jeder weiß, daß sie trotz allem, was man ihr nachsagt, keine unfruchtbare Frau ist.«

»Nun, dann ist es ja gut.«

»Wieso? Wieso ist das gut? Ich sage dir doch die ganze Zeit, daß mir gar nicht wohl bei dieser ganzen Geschichte ist, und da sagst du, ›dann ist es ja gut‹? Ich wiederhole, wir müssen uns vergewissern, daß das alles stimmt.«

Darauf luden sie zwei andere Frauen ein, Frauen, »die niemals erzählen, was sie auf dem Herzen haben«, was besagen will, daß sie ein Geheimnis bewahren können. Sie sagten ihnen, was sie erfahren hatten, und natürlich konnte Mutter Bösblick es nicht lassen, ihnen begreiflich zu machen, warum man auf der Hut sein müsse.

»Ich habe nur begrenztes Vertrauen zu solchen Erklärungen, vor allem, wenn sie von einem Mädchen ihres Schlages stammen«, versicherte sie. »Darum sind wir verpflichtet, Agatha zu ›visitieren‹.«

Zu diesem Zweck kam Maa Medi selbst, um Agatha zu holen. Sie schlossen sich mit ihr in einem dunklen Zimmer ein, entkleideten sie, und dann begann die Inspektion. Sie untersuchten in der Dunkelheit Agathas Bauch in allen Einzelheiten. »Ich frage mich immer noch, was sie da überhaupt sehen konnten«, sagte mir Agatha später. Sie stellten ihr keine Frage, sie begnügten sich damit, sich in einem Nebenzimmer leise zu beraten, sobald eine von ihnen etwas »entdeckt« hatte. Agatha konnte nichts von dem Geflüster verstehen, das durch die dünne Zwischenwand drang. Komische Untersuchung, dachte Agatha. Niemand hatte sie abgetastet oder auch nur mit dem Finger berührt. Sie mußten Spezialaugen haben, um zu erkennen, daß sie tatsächlich einen Embryo in ihrem Bauch hatte. Dann forderten sie Agatha auf, sich wieder anzuziehen.

»Du glaubst nicht, wie peinlich mir die Sache war...«

Das läßt sich denken! Vier alte Frauen, die einem den Bauch beäugen, in einem finsteren Raum, in dem sie allein deutlich sehen können, und die nachher verschwinden und miteinander murmeln, was sie gesehen oder nicht gesehen haben, was sie meinen oder nicht meinen... Nach der Untersuchung konnte sie aus drei der vier Gesichter ablesen, daß es »für den Augenblick erledigt war, aber daß noch andere Vorsichtsmaßregeln getroffen werden würden«. Aus drei Gesichtern. Das vierte, das der Mutter Bösblick, blieb verschlossen und skeptisch. Dieser Skepsis war auch die Heiterkeit meiner Frau nicht völlig gewachsen. Aber uns schien es normal, denn in unserem Dorf wird eine Schwangerschaft nur selten gleichmäßig beurteilt. Wenn Mutter Bösblick der Tatsache, daß meine zweite Frau ein Kind bekommen sollte, weiterhin mit Mißtrauen begegnete, so konnte uns das nicht weiter wundern, wir wußten ja, daß dieser Frau der Bevölkerungszuwachs in unserem Dorf seit einiger Zeit höchst unwillkommen war. Erinnern wir uns nur der Freude Maa Medis an dem Tage, da Mutter Bösblick Fanny zu sich gerufen hatte, um sie zu »segnen«, wie wir lächelnd sagten. Es war ja eine Seltenheit, daß die alte Hexe jemand in dieser Weise in ihren Schutz nahm. »Meine Tochter«, hatte sie gesagt, »du wirst viele Kinder haben...« Und dann hatte Fanny »mir« ein Kind geboren!

»Laß nur«, sagte Maa Medi zu mir, »laß nur, ich bin sicher, daß sie nicht recht hat. Außerdem kann man ihre Laune jederzeit verbessern, man braucht ihr nur etwas zu schenken.« Daher mußte ich zwei Tage später Mutter Bösblick aufsuchen, um ihr ein kleines Präsent zu überreichen: Kochsalz, einen bunten Schal und eine Tonpfeife. Dann würde sie die Auswirkungen des Geschicks, das sie zweifellos über Agatha kommen lassen wollte, im Keim ersticken.

»Danke, mein Sohn«, sagte sie, »du bist noch der gute kleine Junge, der du schon immer gewesen bist. Ich bin dir nicht mehr böse, und auch deiner Frau Agatha nicht. Aber heute nacht habe ich von ihr geträumt. Wir werden jemand kommen lassen müssen, um sie zu ›untersuchen‹, denn ich habe den Eindruck, daß dies Leben schlecht angelaufen ist...«

»Jemand kommen lassen? Ist es so schlimm?«

»Vielleicht nicht, aber ich weiß nicht, welches Kraut dagegen gewachsen ist.«

»Ein Kraut dagegen? Es ist also doch schlimm, Mutter Bösblick? Du weißt, daß sie einen Jungen erwartet...«

»Sei still, Sohn. Wer hat dir gesagt, daß sie einen Jungen erwartet? Und wer hat dir gesagt, daß man so ein lautes Geschrei darum macht? Geh, du bist ein Mann, das sind Dinge, die dich nichts angehen. Das müssen schon wir in die Hand nehmen.«

Sie ließen »jemand« kommen, und der Fetischpriester fand ohne weiteres das Zauberkraut zur Abwendung des Geschicks, das sich aus wer weiß welchen Gründen über Agatha zusammenbraute. Trotz allem war Mutter Bösblick nicht aus ihrer Reserve herauszulocken, was Agathas Schwangerschaft anging. Es gibt Leute, die an ihrer fixen Idee festhalten bis zu dem Tage, da sie sich als richtig oder falsch erweist. Dieser alten Hexe mußte irgend etwas schwer Ausdrückbares im Kopf herumgehen. So breitete sich eine Atmosphäre des Mißmuts aus, die mich mehr und mehr in ihren Bann zog und bedrückte, obwohl Agathas Unterleib einen ungewohnten Umfang annahm, ein klarer Beweis, daß meine Frau ein Kind erwartete. »Was hat sie nur?« fragte sich jeder von uns. »Was kann sie nur haben?« Und da niemand herausfinden konnte, was Mutter Bösblick hatte, sagte ich mir schließlich, es könne ebenso gut sein, daß sie gar nichts hatte, und machte mir keine Sorge mehr darüber.

In den folgenden Monaten stand Maa Medi Agatha in einem Maße zu Diensten, daß Fanny sich eines Tages die Bemerkung nicht verkneifen konnte, bei ihrer Schwangerschaft habe sich meine Mutter nicht so angestrengt. Die Frauen sehen immer das Gute, das man ihnen nicht getan hat. Als hätte eine noch aufopferndere Hilfe meiner Mutter es Fanny ersparen können, »mir« ein natürliches Kind zu schenken...

Eines Tages kam ein Telegramm aus Jaunde mit der Nachricht, daß die Deportierten schon dort angekommen waren und auf den Zug warteten, um nach Duala »hinunterzufahren«. Jeder bereitete sich auf den bevorstehenden Empfang vor. Zwei Tage später wanderten wir alle zum Bahnhof, um den Zug aus der Hauptstadt zu erwarten. Es gab eine Wiedersehensfreude ohne Grenzen, aber nicht geringer war zugleich der Schmerz, erfahren zu müssen, daß sich die Reihen unserer Männer seit ihrer Verschickung in das nördliche Kamerun gelichtet hatten. Da stand Endale mit klopfendem Herzen. Was würde ihr Mann sagen bei seiner Heimkehr? Sie war nicht die einzige, die ein Kind gewonnen hatte, während sie vorübergehend ihren Gatten verlor, aber keine war so voller Angst wie sie, da sie den Jähzorn ihres Mannes kannte. Wenn ich eben sagte, sie habe ihn vorübergehend verloren, so hatte das Schicksal es anders gemeint.

»Er ist in Mokolo gestorben«, erklärten sie uns.

Die Trauer verdreifachte sich, als wir erfuhren, daß Häuptling Mbaka sowie Agathas Onkel ebenfalls unter den Toten waren. »Ich begreife heute noch nicht«, sagte Eya, Mutter Bösblicks Mann, »daß wir noch am Leben sind. Wenn ihr wüßtet, wie ›sie‹ uns dort oben behandelt haben! Vier Jahre lang, die kein Ende nehmen wollten.«

Sie berichteten uns, daß sie keinen einzigen Brief des Königs erhalten hatten. Daher wurde, als wir in unsere Dörfer zurückwanderten, als erstes ein allgemeines Treffen verabredet, um die Heimkehrer über alles, was sich in ihrer Abwesenheit zugetragen hatte, ins Bild zu setzen. Es läßt sich denken, daß es eine Weile brauchte, um diesen Leuten ihr Einverständnis abzuringen, daß Onkel Gros-Cœur, der »ihre Gefangennahme verursacht hatte«, nicht länger aus unserer Gemeinschaft verbannt sein sollte. Aber mein Onkel hatte sich zu seinen Fehlern bekannt, und König Salomo wie auch der Häuptling von Agathas Dorf erwiesen sich als äußerst geschickte Fürsprecher. Schließlich waren doch alle versöhnlich gestimmt, und wir bereiteten uns darauf vor, den Forderungen der Stunde zu genügen.

»Morgen geht niemand zum Fischen«, bestimmte Salomo, »und keine Frau geht morgen aufs Feld«, fügte er hinzu. »Morgen ist ein Tag der Sammlung und des Gedenkens an unsere lieben Verstorbenen.«

So wurde der folgende Tag ein Trauertag. Auf dem Dorfplatz beweinten die Frauen unsere Toten. Sie weinten, sie sangen ihre Klagelieder und tanzten die Leichentänze. Die Männer zogen sich gruppenweise zurück, um ihre Pfeife zu rauchen, Palmwein zu trinken und den Trauergesang anzustimmen für die, die nicht in die Heimat zurückgekehrt waren.

»Du wanderst, du wanderst ohne Unterlaß, du kehrst nicht zurück, o mein Bruder, du kehrst nicht zurück. Du gehst dahin, ohne zurückzublicken, und du kehrst nicht zurück, o mein Bruder, ich weiß, daß du nicht zurückkehrst. Wer hat dich belogen und dir gesagt, daß man so dahingehen muß? Wer hat dich diese Wanderschaft gelehrt? Wenn der Mensch zuweilen wandert, dann kehrt er zurück, um die zu sehen, die er zurückgelassen hat und die ihm teuer sind. Du aber wanderst ohne Unterlaß, du wendest den Blick nicht zurück. Wer hat dich belogen und dir gesagt, daß man seine Freunde so verläßt? Sag mir, wer hat dich belogen und dir gesagt, daß man so seine Brüder verläßt?«

Es folgte ein stiller Tag. Die Frauen weinten noch immer, aber die Männer wandten sich allmählich wieder ihrer gewohnten Arbeit zu. Ihre Hauptbeschäftigung war im Augenblick die Vorbereitung des Festes für die heimgekehrten Gefangenen, das am folgenden Sonntag stattfinden sollte. Wir hatten noch drei Tage vor uns. Drei Tage, an denen ich andere Pflichten zu erfüllen hatte. Ihr erinnert euch doch, unter welchen Umständen ich Agatha schließlich geheiratet hatte. Ihr erinnert euch, wie sie aus eigenem Entschluß gekommen war, um bei mir zu bleiben, in einem Augenblick übrigens, in dem ich sie am wenigsten erwartet hatte. Agatha war eben, wie sie selbst sagte, ein »freies« Mädchen. »Mein Vater? Der kümmert sich gar nicht um mich«, hatte sie an jenem Tag erklärt, als sie eine Handvoll Salz ins Feuer geworfen und den Regen benutzt hatte, um bei mir zu bleiben. Und als sie an einem anderen Abend zu mir kam mit ihren zwei schweren Koffern und in Begleitung ihrer Tante, vermählte sie sich mit mir nach der Weise eines Mädchens, das niemandem für sein Tun und Lassen Rechenschaft schuldig ist. Aber als Moudio nach seiner Rückkehr erfuhr, daß seine Tochter verheiratet war, beeilte er sich, mir seinen Besuch abzustatten, mir »eine gute Ehe mit seiner Tochter« zu wünschen und mich zu fragen, was ich für die Zukunft plane. Das bedeutete ganz einfach, daß ich eine Anzahl Flaschen und Geschenke für meinen Schwiegervater in meine Zukunftspläne einzubauen hatte.

»Wie? Du nimmst mir meine Tochter, und ich habe nicht einmal einen Schluck ›Wasser‹ darauf getrunken?« fragte er.

Folglich kaufte ich noch am selben Tag einen großen, breiten Lendenschurz sowie zwei Flaschen schottisches Wasser der berühmten Marke Johnny Walker. Am Abend holte ich König Salomo ab, und wir gingen zusammen zu Moudio. Wir fanden das ganze Dorf bei ihm versammelt, um seine Gefängniserlebnisse anzuhören. »Meine Brüder, ich wünsche euch nicht, jemals dorthin zu kommen. Tut hier, was ihr wollt, aber wenn eines Tages der Weiße kommt und euch fragt, ob ihr nach Mokolo wollt, dann sagt ihm: ›Nein, mein lieber Herr, da wollen wir nicht hin.‹ Denn wenn ihr euch darauf einlaßt, meine Brüder, dann lauft ihr dem Tod in die Arme ...«

Moudio trank einen Schluck Gin, sehr klaren Gin, den die Leute seines Dorfes gekauft hatten, um seine Heimkehr zu feiern. Dann fuhr er fort: »Schon allein die Straße nach diesen nördlichen Regionen ist eine einzige Qual. Ihr könnt sie euch gar nicht vorstellen, diese Straße, die sich in endlosen Windungen einen Hügel hinaufschlängelt, und wenn ihr oben seid, könnt ihr den Weg sehen, den ihr marschiert seid. Und da merkt ihr zu eurem Entsetzen, daß ihr mit knapper Not dem Tod entgangen seid. Steile Abhänge und Schluchten, die ganze Zeit... Und dann kommt ihr an einen Strom, den die Regenzeit unermeßlich hat anschwellen lassen, und ihr fragt euch, wie ihr jemals hinüberkommen sollt, ohne von der Strömung fortgerissen zu werden, die so schnell ist, daß Ochsen und Pferde weggeschwemmt werden und ertrinken...«

»Das ist das Rote Meer«, sagte jemand, »unser Bruder hat das rote Meer gesehen aus der Zeit des Pharao.«

»Nein, Bruder«, sagte Moudio, »dieses Meer war nicht im geringsten rot. Man heißt es den Benuë. Der fließt bis zur ›englischen Zone‹ und von dort bis in den Ozean...«

»Bis in den Ozean? Ozean sagst du? Dort, wo wir zum Fischen hinfahren?«

»Ja, derselbe Ozean.«

»Aber dann wart ihr doch gar nicht sehr weit von uns? Mokolo war also gar nicht so weit...«

»Ich spreche zu dir vom Ozean, ich habe nicht im entferntesten gesagt, daß Mokolo dort liegt. Und ich kann dir sagen, wenn ich mich hätte ins Wasser stürzen können und bis zum Ozean schwimmen, das wäre mir lieber gewesen als die schrecklichen Stunden, die ich in diesem Gefängnis zugebracht habe. Und dann die Hitze, eine Hitze, die einem die Kehle zuschnürt... Gebt mir was zu trinken, ich muß mich rächen.«

Er bekam noch ein Glas Gin, bis zum Rand gefüllt, und fuhr mit der Schilderung dieses verwünschten Gefängnisses fort.

»Und alles das«, sagte er, »wegen eines Zaubers bei den Leuten dort drüben... Und da komme ich nun zurück und erfahre, daß einer von ihren Söhnen mir Agatha weggenommen hat... La Loi, komm her!«

Er schrie so laut, daß einige, die König Salomo und mich nicht kommen gesehen hatten, zu Tode erschraken, denn sie dachten, Moudio habe den Verstand verloren. Wir traten mit unseren Geschenken vor, und der König ergriff das Wort, um die Gaben zu überreichen.

»Mein Sohn hat deine Tochter nicht ohne Erlaubnis zur

Frau genommen, als wollte er ihren Vater mit Nichtachtung strafen. Er hat nur deine Rückkehr abgewartet, um dir ein kleines Geschenk zu bringen. Nimm diesen Lendenschurz und denke nicht mehr an die schlimmen Zeiten, die du durchgemacht hast. Und hier ist noch etwas ›Wasser‹, den Durst zu löschen. Weise es nicht zurück.«

Zurückweisen? Wie hätte er es zurückweisen können? Der Mann im Zylinder, der so fröhlich seinen Spazierstock schwingend über die viereckige Flasche marschiert – wer hätte sich weigern können, ihn bei sich willkommen zu heißen? Moudio nahm die beiden Whiskyflaschen an sich, entkorkte sogleich die eine, spritzte ein paar Tropfen auf den Boden und sprach: »Köstliches Naß, dich habe ich seit langem nicht mehr gesehen. Und wenn ich trinke, sollst du mir keine Kopfschmerzen machen.« Damit schenkte er sich ein volles Glas ein, und die andern kamen auch mit ihren Gläsern, um ihren Anteil zu erhalten. Das Spiel war gewonnen. Jetzt wußte ich, daß künftig niemand in diesem Dorf es mir verübeln würde, der Mann Agathas zu sein. Übrigens war es eigenartig gewesen, wie sie mich alle ohne den leisesten Protest hatten gewähren lassen, als ich »ihnen ihre Tochter nahm«. So hatte mir denn Agatha auch ausdrücklich untersagt, irgend jemanden zu empfangen, der aus ihrem Dorf käme und mich um eine Gabe anginge unter dem Vorwand, ich hätte »seine Tochter genommen«.

»Sie haben nie etwas für mich getan«, hatte sie gesagt, »ich finde also, daß meine Heirat sie nichts angeht und daß sie davon nichts zu profitieren haben.« Und als würfen sie sich selbst vor, nichts für Agatha getan zu haben, hatten sie sich wohlweislich abseits gehalten. Niemand war gekommen, die traditionelle »Flasche« zu fordern. Natürlich hatten die bösen Zungen bei uns eine Erklärung dafür bei der Hand, die eher darauf zielte, mich zu kränken als zu zeigen, wie anständig und zurückhaltend doch Agathas »Eltern« waren. »Um die Flasche bitten? Sie denken nicht daran! Sie wissen genau, daß ihre Tochter nie einen Mann bekommen hätte, wenn nicht einer von uns erschienen wäre... La Loi leistet ihnen noch einen Dienst, wenn er ihnen diese verlorene Tochter abnimmt.«

Als daher Moudio nach seiner Rückkehr erschien, um »einen Schluck Wasser« zu erbitten, fühlte ich mich eher erleichtert. Nun hatten wir den Beweis, daß ich nicht ein Mädchen geheiratet hatte, das »niemand gehörte«, wie unsere Leute zu sagen beliebten. Ich war glücklich, ihm die Geschenke anbieten zu können, die König Salomo und ich mitgebracht hatten. Mein Schwiegervater ging in dieser Hinsicht allerdings noch weiter, als ich vorausgesehen hatte, denn er und die Seinen brachten mich sogar dazu, daß ich mich mit barem Geld an der Vorbereitung der Festlichkeiten beteiligte, die zur Feier seiner Rückkehr abgehalten werden sollten. Und als sie erfuhren, daß ich zugestimmt hatte, verschränkten die guten Leute von Bonakame die Arme und sagten sich, daß sie, falls mein Beitrag dem Brautschatz entspräche, den ich normalerweise für Agatha zu entrichten gehabt hätte, persönlich keinen Sou für das Fest auszugeben brauchten. Das hat mir noch lange am Herzen genagt, obwohl mir König Salomo empfohlen hatte, die Augen immer auf die Zukunft zu richten.

Die Zukunft – da war zunächst einmal das Kind, das mir Agatha in Kürze schenken würde. Und diesmal, daran zweifelte niemand mehr, erwartete sie tatsächlich ein Kind. Eines Tages, als ich eben meine Geräte für den nächsten Fischzug zurechtlegte, sagte Agatha:

»Laß diesmal nicht zu lange auf dich warten...«

»Wie? Spürst du schon, daß es kommt?« fragte ich.

»Ich sage dir nur, daß du schnell zurücksein mußt. Ich will, daß du es siehst, sobald es da sein wird.«

Ich versprach, so schnell wie möglich heimzukommen, und fuhr aufs Meer hinaus.

Strahlende Sommersonne, das Meer bald ruhig, bald bewegt, ein sprechendes Abbild der Tage, die aufdämmern und vergehen, eine dünne Rauchsäule in der Ferne, die aus dem sandkorngroßen Schiff aufsteigt, Möwen über dem besonnten Strand, feiner, unter den nackten Sohlen knirschender Sand, dunkelgrüne Mangrovenwälder, riesige Austern, die im Schlamm des sumpfigen Ufers hängengeblieben sind, Krokodile, die der Ruderschlag aufgescheucht hat, Trümmer, die auf dem silbergrauen Wasser treiben, klobige Balken, Trägerroste riesenhafter Pfahlbauten, Dampfer, die zusehends größer und größer werden, Fischerdörfer auf den Sandstränden und Fische, Fische, schimmernd wie Perlmutt, wie Silber, mahagonifarbene Räucherfische, Fische, auf Weidengeflecht zum Trocknen ausgelegt, Lippfische, Barben, Schwertfische, Fische aller Art... Abendgespräche am Feuer nach harter Arbeit und hohem Seegang, Geschichten, Lieder, Rätsel, Sprichwörter, Tänze, heitere Träume unter dem Sternenhimmel, Bastmatten auf dem blanken Boden... Brüderlichkeit, Kameradschaft, Himmel und Meer und Menschen, Menschen, verloren in der überwältigenden Natur, einfache Menschen, gewiegt vom Pulsschlag des Meeres unter den wachsamen Augen von Millionen Sternen, Menschen für Gott und Luzifer, die sich gemeinsam abmühen für das Leben anderer Menschen, ihresgleichen, ihrer Brüder... So ist sie, die Hochseefischerei. Ich würde vergeblich die ganze Welt durchstreifen, um Menschen dieses Schlages zu finden. Ich bin glücklich zu wissen, daß ich sie bei mir habe, zwei Schritt von meiner Tür, daß ich ihnen nah bin wie sie mir, daß sie so freimütig zu mir reden vom Morgen bis.zum Abend, in Gesprächen, die mich so wohltuend umfächeln wie der Wind der purpurnen Abende. Ihr Leben ist ein einziges Wagestück, bedroht von Wellen, höher als ein Haus mit mehreren Stockwerken, wie von der Feuersbrunst im Fischerdorf, wenn menschliches Versagen oder die Ungunst des Windes die Katastrophe herbeiführen. Dennoch ist es kein Heldenleben. Das Paddel ist kein Schwert, das stille Rauschen der Fluten hat nichts vom Hornruf der Legende, der Fischfang ist kein Kampf, sondern gelebtes Leben... Was gäbe ich darum, es wiederzufinden!

Ich versprach Agatha, so früh wie möglich zurückzukehren.

Ich hielt mein Wort und war drei Wochen später wieder im Dorf.

Während meiner Abwesenheit wohnte Maa Medi nicht in ihrem Haus. Aus Furcht, es könnte »irgend etwas passieren«, während ich fort war, verbrachte sie die ganze Zeit bei Agatha.

»Ich habe in meinem ganzen Leben keine größere Aufopferung gesehen«, sagte Fanny, gerührt von dieser mütterlichen Fürsorge. Und Maa Medi lächelte und sagte einfach: »Du hast noch ein langes Leben vor dir, meine Tochter... Du wirst noch ganz andere Dinge erleben, bis du so alt bist wie ich...«

Aber das Schicksal geht seine eigenen Wege.

Ich verzeihe es ihm, selbst wenn ich bedenke, daß es gerade mich erwählt hat, mich »ganz andere Dinge« erleben zu lassen. Denn am Tag vor meiner Rückkehr war Agathas Kind zur Welt gekommen.

»Er ist schön, dein Junge«, sagte eine Frau am Strand, als meine Kameraden und ich die Piroge im grünen Schilf festbanden.

»Ein Junge?«

»Ja, ein Junge, er ist schöner als du«, erwiderte ein anderer.

»Und er ist ganz weiß...«

Da fingen alle zu lachen an, die zu unserem Empfang gekommen waren. Aber es war ein Lachen, das mehr als beunruhigend wirkte.

»Na und?« fragte mein Vetter Ekeke. »Er ist ganz weiß, er ist ganz weiß, und darüber lacht ihr... Was ist denn da so Komisches dabei? Sind nicht die meisten Kinder bei der Geburt ganz weiß?«

Ich begriff auch nicht recht, was das alles bedeuten sollte, aber ich wußte, daß mein Vetter recht hatte. Die meisten schwarzen Kinder sind weiß bei der Geburt und nehmen die Lokalfarbe erst einige Tage später an. Was also hatte das Gelächter zu bedeuten? Ich lief ins Dorf, ich wollte mein Kind sehen. Da lag es in einer großen Emaillewanne, die ihm als Wiege diente, zwischen bei der herrschenden Hitze ganz überflüssigen Windeln.

Da lag es, mit langem, offenem Haar. Agatha blickte mich an und senkte die Augen. Sie wußte nicht, was sie sagen sollte.

Maa Medi ebensowenig, auch Fanny nicht. Keine von ihnen hatte ein so weißes Kind erwartet. Im Dorf überbot man sich an Mutmaßungen über Agathas Kind.

»So werden viele schwarze Kinder geboren...«

»So weiß wie das? Nie gesehen...«

»Doch, doch, und nach einigen Tagen ändert sich die Farbe.«

»Also gut, wir werden ja sehen. Ich gebe euch einen Monat, wenn ihr wollt.«

Einen Monat... In einem Monat würde ich es wissen.

Wieder einmal zwangen mich die Umstände, meine Augen in die Zukunft zu richten. Wann endlich werde ich die Gegenwart rein und voll erleben? dachte ich bitter.

Ihr werdet verstehen, warum dieses neugeborene Kind, das nicht Fisch noch Fleisch war, mir allmählich zu denken gab, wenn ich euch wahrheitsgemäß versichere: die Farbe meiner eigenen Haut nähert sich den schönsten Ebenholztönen. Außerdem, bei meinem krausen Haar, meinen dikken Lippen und meiner freigebig nach unten geweiteten Nase bin ich sicher, daß der ›Nouveau Petit Larousse‹ von einst keinen Augenblick gezögert hätte, mich für ein Musterexemplar der schwarzen Rasse zu erklären. Und die, wie ihr wißt, sehr hübsche Agatha Moudio war ebenfalls tiefschwarz vom Kopf bis zu den Füßen. Nein wirklich, es war eine merkwürdige Geschichte.

Da mußte auch die Mutter Bösblick ihr Körnchen Salz beisteuern, und ihr könnt mir glauben, es war ein dickes Korn.

»Vielleicht«, sagte sie, »vielleicht wird das Kind eines Tages auch so einen goldenen Mund kriegen wie sein Vater...«

Als ich das hörte, stürzte ich zum Spiegel und zeigte ihm

die Zähne: zwei Reihen von Elfenbein, von untadeliger Reinheit und Weiße. Dann lief ich, weil ich immer noch nicht verstand, zu Mutter Bösblick und bestürmte sie mit Fragen. Aber sie lehnte es ab, sich ausführlicher zu erklären.

»Du wirst schon sehen, mein Sohn, du wirst schon sehen«, sagte sie nur. Und nach einer Pause fügte sie hinzu: »Mutter Bösblick sieht alles. Alles, sag' ich dir.«

Es blieb mir nichts übrig, als die zehn oder vierzehn Tage abzuwarten, bis der Sohn Agathas seine endgültige Farbe annehmen würde. Ich wartete noch länger, ich hielt noch einen ganzen Monat nach der Geburt des kleinen Jungen an meiner Hoffnung fest, aber seine milchschokoladenfarbene Haut blieb, wie sie war, oder doch beinahe, so daß von einem nennenswerten Unterschied keine Rede sein konnte. Da endlich entschloß sich Mutter Bösblick zu sprechen.

»Ich habe sie gesehen, deine Frau, als der große Weiße mit den Goldzähnen sie nachts abholte, als du nicht zu Haus warst. Er kam mit dem Fahrrad, um keine Aufmerksamkeit zu erregen. Ich habe ihn mehrmals gesehen. Aber, Sohn, was hätte ich dir damals sagen sollen? Hätte nicht jedermann gleich wieder von meiner bösen Zunge gesprochen? Deshalb habe ich meine Beobachtungen für mich behalten... Einmal kam deine Frau sehr spät zurück, am frühen Morgen erst, und da habe ich den Weißen wieder auf seinem Fahrrad gesehen. Er hatte sie zurückbegleitet... Such nicht weiter nach Gründen und mach dir nichts vor! Agathas Kind ist nicht dein Kind, mein Sohn.«

Ich ging schweren Herzens davon, um König Salomo zu berichten, was ich gehört hatte.

»Was ist da zu tun?« fragte ich.

Der König war selbst nicht weniger bestürzt als ich. Aber seine sprichwörtliche Weisheit half ihm immer, sich aus der Affäre zu ziehen, gleichviel wo und gleichviel wann.

»Was da zu tun ist?« erwiderte er. »Genauer gesagt, was du mit einem natürlichen Kind machen sollst? Das ist doch der Sinn deiner Frage, nicht wahr? Und nun bedrängst du mich, gerade mich, dir zu antworten? Sag doch, gib zu, du weißt besser als ich, was da zu tun ist. Es ist doch nicht dein erstes natürliches Kind, das zur Welt kommt, soviel ich weiß. Was hast du denn mit dem ersten gemacht?«

»Aber, König, das ist doch nicht dasselbe!«

»Was? Das ist nicht dasselbe? Sag, was ist da anders? Das Kind? Oder die Art, wie es entstanden ist?«

Ich schwieg.

»Na, na, faß dich, Sohn«, fuhr der König fort, »und sieh den Dingen ins Gesicht. Du hast kein Recht, zu verzagen, du, La Loi, der Stärkste unserer jungen Männer! Und dann, du weißt doch – ob es nun vom Himmel kommt oder von der Hölle, ein Kind ist immer ein Kind.«

Also sprach König Salomo.

Und das ist wahr.

Die Kinder, mögen sie aus der Hölle der Sünde kommen oder aus den Höhen des Himmels, die Kinder gleichen sich alle. Sie steigen alle von demselben Lebensbaum hernieder, dessen Zweige der Nichtigkeit der Rasse entsprechen, die Blätter aber den tausend menschlichen Charakteren. Später werden sie Männer und Frauen, die einander lieben oder hassen, oftmals ohne Grund, und dann machen sie sich daran, die verschiedenen Fehler der Hautfarbe hervorzuheben und Pariaklassen zu züchten, mit dem gleichen Eifer, mit dem sie versuchen, den Mond aus den Angeln zu heben, bevor sie noch alle Früchte dieser Erde in die Scheunen gebracht haben... Sie kommen alle schön und anmutig auf die Welt und sprechen dieselbe stumme Sprache des Friedens und der Eintracht. Später, ach, später werden sie die soviel lautere und törichtere Sprache des vernunftlosen kalten Verstandes reden, die den Krieg hervorbringt und den Rassenstolz. Aber preisen wir das Gottesgeschenk dieser schwarzen oder weißen, gelben oder roten Engel, die alle mit dem gleichen Lächeln die unsicheren Ufer des Daseins betreten und alle mit der gleichen unschuldigen Begier an der Mutterbrust das heitere Glück des frühen Lebensmorgens genießen. Mag später aus ihnen werden, was da will –

mögen sie auch keine wahren Menschen werden, sie sind doch einmal echte Kinder gewesen.

Heute ist Agathas Sohn schon größer geworden. Ich habe ihn nicht verstoßen, trotz der argen Gewissenspein, die er mir kurz nach seiner Geburt verursachte. Freilich wirkt er in seiner äußeren Erscheinung wie ein Kind aus der Fremde. Manchmal sehe ich ihn auf dem Dorfplatz mit gleichaltrigen Kameraden spielen. Wenn ich ihn in ihrer Mitte sehe, muß ich wunderlicherweise an das berühmte Haus meines Onkels Gros-Cœur denken, das sich so schmuck ausnimmt zwischen den einfachen Basthütten unseres Dorfes.

»Was sollen diese Vergleiche!« sagte König Salomo ärgerlich, als ich ihm meine Überlegungen mitteilte.

Er hat recht. Nachdem ich alles richtig durchdacht habe, hat der Sohn der Agatha Moudio von mir nicht das böse und törichte Hohnlächeln eines schicksalgeprüften Mannes zu erwarten, sondern den väterlichen Rat, der das seltsame Abenteuer seines Manneslebens zum Guten wenden soll. Und seit ich mir darüber im klaren bin, hasse ich auch das melancholische Lächeln, das mich damals ankam, noch viele Monate nach der Geburt des Kindes, wenn ich an Maa Medis Prophezeiung dachte: »Mein Sohn, mit dieser Frau wirst du noch dein blaues Wunder erleben.«

Francis Bebey: Eine Liebe in Duala (11749)
Gioconda Belli: In der Farbe des Morgens (11565)
Tochter des Vulkans (11678)
J.M. Coetzee: Im Herzen des Landes (11566)
Gamal al-Ghitani: Der safranische Fluch oder Wie Impotenz die Welt verbessert (11785)
Bessie Head: Die Schatzsammlerin (11639)
Nâzım Hikmet: Die Luft ist schwer wie Blei (11570)
Eine Reise ohne Rückkehr (11776)
Ruth Prawer Jhabvala: Eine Witwe mit Geld (11569)
Die Liebesheirat (11811)
Yasunari Kawabata: Handtellergeschichten (11621)
Yaşar Kemal: Anatolischer Reis (11803)
V.S. Naipaul: An der Biegung des großen Flusses (11694)
Eine islamische Reise (11734)
Jusuf Naoum: Die Kaffeehausgeschichten des Abu al Abed (11768)
Pablo Neruda: Aufenthalt auf Erden (11815)
Der Große Gesang (11816)
Ich bekenne, ich habe gelebt (11817)
Letzte Gedichte (11818)
Liebesgedichte (11819)
Alifa Rifaat: Erste Liebe – letzte Liebe (11586)
João Guimarães Rosa: Grande Sertão (11589)
Nawal El Saadawi: Hamidas Geschichte (11571)
Eine Frau am Punkt Null (11714)
Gott stirbt am Nil (11810)
Ghada Samman: Alptraum in Beirut (11567)
Mit dem Taxi nach Beirut (11646)
José Mauro de Vasconcelos: Meine Brüder, der Wind und das Meer (11572)
Wenn ich einmal groß bin (11736)

Drei Kontinente. Ein Lesebuch aus Lateinamerika, Asien, Afrika und der arabischen Welt (11568)

Die Hälfte des Himmels. Frauen in Lateinamerika, Afrika, Asien und der arabischen Welt (11719)

11568
Erzählungen, Reportagen, Gedichte von Menschen aller Rassen und Religionen aus Lateinamerika, Afrika, Asien und der arabischen Welt.

11569
Von europäischen Selbstverwirklichungs-Touristinnen, von missionarisch angehauchten Wohlfahrtsclub-Memsahibs und natürlich vom Kampf der indischen Frauen gegen die Fesseln der Konvention.

11570 (Sept. '92)
Im poetischen Werk dieses größten türkischen Dichters im 20. Jahrhundert spiegelt sich beispielhaft die Geschichte der Türkei und ihrer Menschen wider, in deren Dienst er sein eigenes Leben stellte.

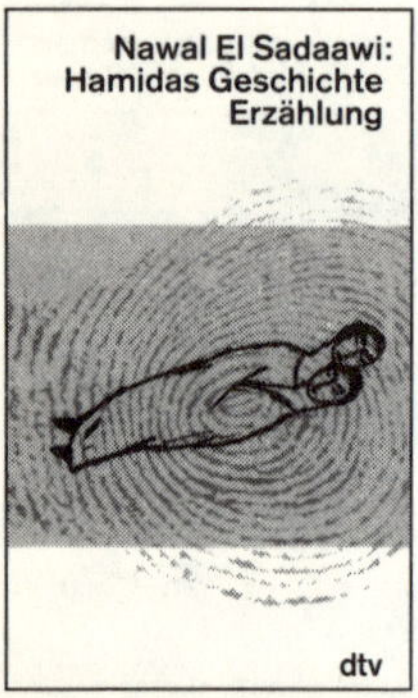

11571 (Sept. '92)
Mit hypnotischer Intensität schildert Nawal El Sadaawi, die ägyptische Vorkämpferin der Frauen aus der patriarchalischen Gewalt, das Schicksal des Mädchens Hamida.

11572 (Sept. '92)
Der Waisenjunge Chicão auf der Suche nach einer »lebenswerten Existenz«. Ein Schicksalsroman und bei aller Sozial- und Gesellschaftskritik eine Liebeserklärung an Brasilien.

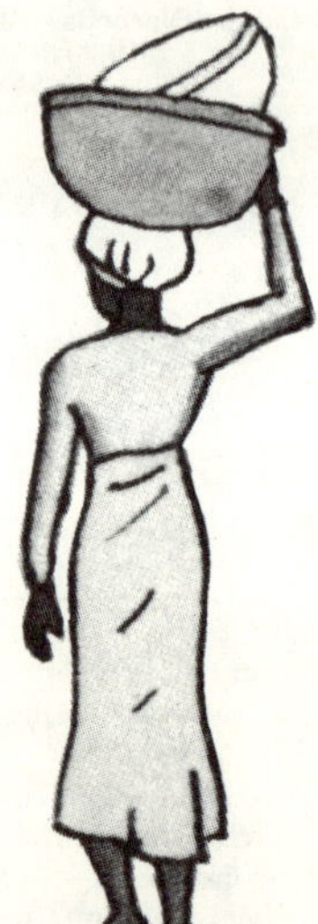